中国国际文化交流基金会
妫川文学发展基金资助

日落大路村

张　予　著

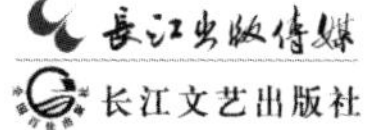

图书在版编目（CIP）数据

日落大路村 / 张予著. -- 武汉 : 长江文艺出版社, 2024.1

ISBN 978-7-5702-3385-4

Ⅰ. ①日… Ⅱ. ①张… Ⅲ. ①短篇小说－小说集－中国－当代 Ⅳ. ①I247.7

中国国家版本馆 CIP 数据核字(2023)第 218978 号

日落大路村

RILUO DALU CUN

责任编辑：余慧莹　　　　责任校对：毛季慧

封面设计：成就图书　　　　责任印制：邱　莉　胡丽平

出版：长江出版传媒 | 长江文艺出版社

地址：武汉市雄楚大街 268 号　　　　邮编：430070

发行：长江文艺出版社

http://www.cjlap.com

印刷：武汉市籍缘印刷厂

开本：880 毫米×1230 毫米　1/32　　　　印张：6.75

版次：2024 年 1 月第 1 版　　　　2024 年 1 月第 1 次印刷

字数：135 千字

定价：58.00 元

写作是一场修行（代序）

2008年我正读高中，看了一些小说后萌生了写一写的念头。当时天已经入冬，我住的屋子里没有生暖气，趴在桌上写字时，手指冻得通红而僵硬。我有一个朋友，每天晚上都来找我，看故事的最新章节，和我讨论主人公的命运走向，当他聚精会神阅读我的故事时，我体会到了一个写作者的成就与甜蜜。

读大学时，我写了一些网络小说、广播剧和电影剧本，只要是能接触到的，我就想去试一试。大学四年，写来写去没写出什么名堂，却为后来工作积累了一些东西。参加工作以后，我的每一份工作都是与文字打交道。写策划，写文案，写脚本，有一段时间，我痛苦地发现：写字成了一件让人心累的事儿。

2019年我回到延庆，在区融媒体中心当记者，虽然还是写字，但与之前的感觉却大不相同。每一次采访都让我期待，我可以把一些别人看不到的人和事，通过文字呈现给大众。在做新闻的过程中，我"写一写"的热情被重新点燃。非常幸运的是，在这一时期，我遇到一批延庆文学领路人，他们毫无保留倾囊相授，带领我在文学道路上阔步前行。

这本书收录了我在2019年到2022年之间写的8个故事。我没有天马行空的想象力，只是把听到的、看到的故事进行一些加工处理。所以这本书里的每一个故事都不是凭空而来，或多或少都有着这片土地上的影子。延怀河谷上的山、湖、羊、鱼，被我赋予新的名字，我借着它们的口，把我了解的故事讲述出来。

我个人最喜欢的是《幸福大街上的少女》，它是我老家县城裹挟在时代洪流中的一个剖面。原本它还有一个姊妹篇《幸福大街上的黑帮少年》，由于种种原因未能在这本集子里与大家见面。《幸福大街上的黑帮少年》是在我读大学时写的，在我写《幸福大街上的黑帮少年》的时候，《幸福大街上的少女》的故事就在我脑中生根，直到2019年才把它的轮廓搭建起来。我需要时间与苏小小一起成长。

我小时候喜欢在官厅湖游泳，在这本集子好几个故事中，读者都能够看到官厅湖的影子，有渔民在湖上打捞生活，有孩子们在湖中凫水嬉戏。延怀河谷群山环绕，不管是“六龙山”还是“撞马山”，它们都是实实在在出现在我的生活里，我曾抬头仰望过，也用脚步丈量过。感谢这片土地，感谢这片土地上的人，这片土地给了我一个个故事，让我可以去叙述去演绎，感谢周诠老师、林遥老师、周宝平老师等等，他们在我写作生涯里，给予我巨大的鼓励与帮助，他们让我认识写作、热爱写作、尊重写作。

我一直记得2014年9月的一天，一大早，我背着电脑和水杯来到图书馆，准备把爷爷的故事写一写，这个故事已经在我脑中盘旋十多年了。自习室里，世界是那样安静，历史的大幕在我眼前徐徐铺开，爷爷的故事像泉水一样在我指尖汩汩而出。我花了一天时间，把那个故事写完，当我敲下最后的句号时，夕阳透过窗户照在屏幕上，我的眼前一片白茫茫，那一刻我感觉到了巨大的失落。此后这么多年，我再没有像写那个故事时一气呵成、酣畅淋漓过了。

一个故事只有在作者脑子里时，才是完美的。对我来说，写作是一场痛苦的修行，当我把脑海里的故事搬到纸面上时，总会陷入漫长的自我否定中。但是我相信，写下去，那个完美的故事总会出现的。

2022 年 12 月 8 日

目　录

河边的泡沫

（一）

老王把塑料袋解开一个小口，一条银色弧线从里面飞出，“啪唧”一声摔在地上。他弯下腰，捡起战利品仔细端详：这条鲫鱼足有两斤，鱼鳞剔透，身条优美，鱼鳃张合有力，它在老王手上努力扭动着腰身，希望重获自由。

老王看着鲫鱼心中越发得意：每天那么多人在妫河边钓鱼，也就是他老王能钓起这么大、这么漂亮的鱼。老王将鱼重重摔在案板上，鱼被摔晕，一动不动任凭铁勺在身上来回穿梭，鱼鳞跟着一层一层剥落下来。

妫河水薄，鲜有大鱼。一上午，老王在河边钓了七八条鱼，但最长的不过也就六七厘米，小鱼做起来费事儿、吃起来刺多，就在老王准备打道回府的时候，这条大鱼咬了钩。在钓友们羡慕的目光中，老王将七八条小鱼倒回河里，单留下这条个头最大的回家享用。

老王仔细回味着那种被钦羡目光包围的感觉，一阵敲门声不合时宜地响起来。老王把门推开一条缝，居委会小陈圆圆的大脸出现在缝隙当中，小陈笑眯眯地拉开门，这时，老王瞥见小陈身后跟着几个年轻人，还没看清他们的模样，“咔嚓”“咔嚓”快门声伴着几道白光闪过，年轻人低头摆弄起手中的相机。

“王叔，电视台的来采访您了！”小陈也不见外，裹挟着一阵香水味钻进屋子。“快看，穿的就是这件背心，还没干呢！”小陈指着椅子靠背上的背心，转头对身后头的记者激动地说。

老王家里虽说不上凌乱，但是这栋四十多年楼龄的老房子光照欠佳，墙壁灰暗，本就不大的客厅里，局促地挤着一些旧家具，老王觉得脸上无光，他一把拉过小陈，急切地问：“你们这是干什么？”

“咳，您看我，正事还没跟您说！”小陈冲着老王笑，一双小眼睛嵌进肉里，留下两条缝儿，“王叔，您今儿在河边钓鱼的时候，是不是救了一个落水的小女孩？”

老王木讷地点点头。

小陈一拍手：“对喽，您这是见义勇为啊，这不，电视台的来采访您了！”

“这事儿啊，不用采访。”老王长舒一口气，脸上露出了笑容，“去年供电局的老李救过一个轻生的姑娘。前年有条船翻了，住舜泽园的老赵下河拉回了两个孩子。我们这些人啊，天天泡河边钓鱼，遇见了，搭把手的事儿。”

这时站在小陈身后的女记者开口了："大爷，您不知道，您救人的事儿被人拍下来放到网上，现在那段视频的播放量已经有三千多万了，您看这里面的人是您吧！"说着女记者把手机递过来，老王眯起眼睛，视频大概只有十秒，在振奋人心的音乐声中，一个穿白衣的老人正把一个小女孩推上岸。老王看清了，视频里的河是妫河，救人的人正是自己。

女记者点开评论区，下面有几万条留言，全是赞美之音。"王大爷，现在全网都在找您，您成网红了。我们是县电视台的记者，请您上电视。"

老王有点发蒙，他一时想不明白，小孩子落水，自己一个大人把孩子拽上岸，这么个小事儿，怎么一下子好几千万人都知道了呢。

扛摄像机的小伙子在老王客厅和卧室转了两圈后连连摇头："太暗了，背景不太好。"

女记者说："打上灯，没事儿！"

记者在门口支好摄像机，在小陈的指引下，老王站到了摄像机的镜头里。惨白的灯直直打在老王脸上，面对黑黢黢的镜头，老王不由自主地冒出了汗，紧接着，一个话筒递到老王嘴边。

"大爷，您给我们讲讲今天您在妫河救人的经过？"记者问。

老王嘴唇抖动着，半天说不出一句话。

"没事儿，大爷您就当跟我们唠家常。"摄像机后面的记者说。

“我……我钓鱼嘛，看见有个孩子掉水里头了……小孩子调皮，不应该一个人在湖边乱跑……家长也是，自己去卫生间了……”

老王前言不搭后语，女记者将他打断：“大爷，您就说说怎么救的孩子？”

“我下水后抓住了她的肩膀，小孩子轻，有五十来斤吧，但是劲儿真大，她死死抠着我的胳膊，都给我抓青了。”老王把自己的胳膊伸给女记者看。

女记者抿嘴笑了：“大爷，您简单点儿说。”

“简单点儿？我在钓鱼，有孩子掉河里了，我就把她拽上来了，这么说成不？”老王紧张地问。

女记者小声和摄像机后头的小伙子嘀咕了一阵，然后对老王说：“这样吧，王大爷，您就说说您下水的时候是怎么想的？”

老王擦了一把汗：“我就想，我就想把那孩子拉回来。”

“没了？”

“没了！”

“您害怕吗？”

“这有什么，水不深，我天天在那儿钓鱼！”

“您当时是不是没有来得及想别的？”

“嗯呢！”

“没有考虑到自己的安全？”

“嗯呢！”

“您连起来说说，说您没考虑自己的安危，一门心思就想着救孩子!”

老王用胳膊擦了一把汗，结结巴巴地说：“我，我当时，当时没顾得上别的，就，就想救孩子……”

老王像是一个提线木偶，在女记者的引导下，稀里糊涂说了一通，摄影机上面的灯照得他面红耳赤，额头、鼻尖不断冒汗。拍了十几遍后，女记者终于满意了。小伙子扛着摄影机又在老王家里拍了好大一会儿，采访才算结束。

“王叔，今儿晚上记得看电视啊，有您!”小陈笑眯眯地叮嘱着老王。送走记者之后，老王一屁股坐到了沙发上，抬头看表，已经两点，饭还没顾得上做，这么热的天，那条收拾了一半的鲫鱼肯定不新鲜了。

(二)

在 20 世纪，艺术家安迪·沃霍尔就预言了未来每个人都能在十五分钟内成名。老王不知道安迪·沃霍尔是谁，更不知道抖音、快手、小红书是什么，可是，很多网红梦寐以求的这十五分钟选择了老王。十五分钟，足够一条“花甲老人勇救落水儿童”的视频被三千万人刷到。就这样，老王在毫不知情的情况下，成了一个备受关注的人。

当桂琴搓完麻将回到家的时候，老王的那条鲫鱼还在火上炖着。桂琴早已习惯了到家洗手吃饭这套流程，今天回家饭却没有做好，这让她很不满。走进卧室，桂琴看见老王坐在穿衣镜前一动不动，她的脾气就上来了：“你今天怎么回事儿，做个饭也磨磨蹭蹭的。”

老王并不理会桂琴，仍旧陶醉在照镜子这件小事中。“嫁给你，真倒霉。”说着她走进厨房去收拾碗筷，老王起身跟着桂琴，走到厨房门口，清清嗓子说道：“我今天，在河边救了个人！”

桂琴端着碗筷走进客厅：“救人？就你那样能救什么人？窝窝囊囊，连个房子都要不回来。”

桂琴又把话题引到房子上。这事儿其实也不怪桂琴，老王在滦县粮食局工作了半辈子，一直住在最早分的那批筒子楼里。退休前，单位划了最后一批家属房，虽然不是免费的，但每平方米的单价仍旧比市场均价低三千多。在这座小县城，能够近乎半价拿到单位的房子，几乎就是天上掉馅饼。

可是，单位的家属房，像老王这样的老实人是拿不到的，桂琴很生气。几年了，每次两人拌嘴的时候，必定会把房子的事儿搬出来以证明老王的懦弱与无能。

“电视台的来了！”老王跟着桂琴一起盛饭，鱼还得再炖上一会儿，夫妻二人对坐在餐桌前，老王接着说，“听他们说，有几千万人看了我救人的视频。”

“现在的记者啊，什么都敢说。他们也就是忽悠你这么个傻瓜，就跟你们领导一样。”桂琴倒了一杯水，“咕咚咕咚”喝了起来。她的脖颈一起一伏，老王懒得跟妻子争论，起身去厨房盛鱼。

建国的电话就是这时候打过来的，电话那头，建国正开着车往家里赶。“没吃饭正好，等我回去一起吃。妈，你知道不，我爸现在可是网红，他救人的视频已经上热搜了。”桂琴应付着儿子：“啥热搜不热搜的，你好好开车，回来咱们一起吃鱼。”

建国的性情样貌都随桂琴，浓眉大眼，个子高高的，和瘦小的老王站在一起，没人会把这两个人当作父子。建国在市里安了家，一年到头，也就逢年过节的时候回来看看，今天不过年不过节还是个工作日，建国能够回家，在桂琴看来老王这人就算没白救。

建国是空着手回来的，一进家门先冲着老王乐：“爸，你现在火了知道不？”说着他掏出手机，翻出那条视频递给桂琴，桂琴看了一遍笑起来：“你爸就是傻，旁边那么多人，咋就他一个人下去救人！”

建国说：“都在给我爸拍视频呢吧！今天吃鱼，好久没吃过我爸炖的鱼了。”

“那就多吃点。”老王乐呵呵地说。

吃完了饭，建国拉着老王拍视频，老王的脑袋摇成了拨浪鼓：“别别别，我可不会说。”建国拿起手机，走到老王身边：“你不用说，我来说！”

老王看着手机屏幕，屏幕上儿子比自己高出了一大截，他想起好多年没有和建国合过影了，想不到这次儿子竟然主动找自己拍视频。镜头里的两个人变得又白又瘦，看起来年轻了十岁。建国对着手机开始说话：“这位是我爸，就是今天妫河边救人的当事人，我爸今年六十二岁，身体很好，他从小就教育我们，看到别人有困难，一定要搭把手……”建国的口才很好，冲着屏幕说了一大堆，老王心里想：如果中午建国在家，让儿子替自己接受采访该多好。

得知县电视台已经来过了，建国有点不满：“这帮记者，鼻子还真灵。爸，下次你可不能随便接受采访，要采访咱，得给钱！”

“我啥也没干，凭啥跟人要钱？”老王说。

“他们拿你赚钱啊，采访你，收视率肯定高，收视率高，电视台的广告就卖得好。”听了儿子的话，老王只是笑着摇了摇头。

建国请了半天假，在家的几个小时内，他一直拿手机对着老王拍个不停。老王抽烟他拍，老王洗碗他拍，老王看电视他也拍，不拍的时候，他就教老王怎么站在摄像机前头说话。

老王也觉得建国教他的几句话听着特舒服。那天晚上，他在电视里看到自己呆站在镜头前，说着“没顾上，就想救孩子”这几句话时，他的脸莫名红了。

桂琴把建国送走后，开始挨个给她的牌友打电话，聊起老王上电视的事情，语气里满是得意。这时，老王在她嘴里就不再是那个软弱无能的男人了：“我家老王啊，就是热心肠，平时不会说，但大事儿上绝不含糊……”

老王原本并没有把救人这事儿放在心上，上电视对他来说也是无所谓的事情。但今天看到桂琴和建国开心的样子，老王越发觉得自己救人的决定是英明的，他似乎又找到了自己新的价值。

(三)

桂琴花了三百块钱给老王挑了一件白色衬衫，又带着老王去理发店剪了一个小平头。几周来，老王和桂琴的手机快被亲朋打爆了。居委会的小陈不厌其烦地带来了一批又一批的记者。有市里的也有省里的，每次他们都将机器架在老王家门口，让老王讲述救人的感想。

在建国的启发下，从老王嘴里说出来的词语越来越高级。“我会一直努力，期待自己能够继续发光发热。”听着老王这句话，小陈在一旁竖起了大拇指。

人逢喜事精神爽，尽管这个夏天的气温已经创下滦县最热的纪录，但老王仍旧觉得神清气爽。第一次面对镜头时的那种茫然无措已经消失了，他甚至和县电视台的几个小记者成了朋友，他们还策划给老王拍支纪录片。

这一天，三台黑色轿车停在了老王家楼下。头天晚上，小陈专门打来电话叮嘱老王收拾一下屋子，准备迎接贵客。上午，桂琴特地买了水果，沏了好茶。

县委副书记张平进屋的时候，桂琴没有认出这位领导，但老王可见过张平。在粮食局上班的时候，张副书记还是张副县长，副县长去粮食局调研的时候，老王都在场。

张副书记在粮食局领导、社区领导以及秘书、记者的簇拥下走进老王的小屋，闪光灯勤快地亮着，老王一步上前紧握住副书记的手。

“有德同志，你是咱们县的骄傲啊，我代表县委县政府，代表七十九万滦县父老过来看你！”张平坐在沙发中间，老王和桂琴坐在张副书记两侧，记者从各种角度把镜头对准这三个人。

“有德，你的善举一下子提升了我们县在全国的知名度，你是我们县的代言人啊。生活有什么困难，县委县政府一定想办法给你解决。”张副书记掷地有声，老王桂琴两人红着脸没说话。

就在这时，陪张副书记一起调研的粮食局党委书记杜丽丽接过了话头。“老王啊，有什么需要，如果不方便跟张副书记讲，跟粮食局反映也是一样的，你为粮食局奉献了大半辈子，组织不会亏待你。”

张副书记看了眼杜丽丽，赞许地点点头，杜丽丽接着说：“我看你们现在住的这个筒子楼可是有些年头了，单位还有几套家属房，回头党委开个会议，研究一下你的情况，老同志理应住得舒服一些嘛。”

“这个事情要好好研究一下。”张副书记环视了一圈房子说道：“确实老旧了一些，外面的客人来了也不好看。咱们县今年可是在全市经济发展排名前列的，要用这个机会向外界展示咱们滦县的发展成绩。”杜丽丽在一旁不住地点头。

二十分钟后，小轿车驶离了老王住的小区。桂琴耽误了牌局，索性没有再去，她主动穿好围裙，走进厨房给老王张罗饭菜。“想不到，你这傻人还有傻福，今儿等着吃现成的吧，我给你炖鱼？”桂琴难得笑盈盈地跟老王说话。

老王说：“不吃鱼了，天天吃鱼，腻了，不如你做个排骨吧，少放点糖。”

“嘿，还点上菜了。”桂琴也不生气，“得，今儿你是功臣，就做排骨吧。”老王坐在沙发上，给自己沏了一壶茶。厨房里，桂琴哼着歌儿，叮叮当当敲打着排骨。沙发旁堆放着建国和亲戚朋友送过来的各种礼品，这么多年来，老王从未感觉到生活竟然如此惬意。

这段时间，建国几乎每隔一周就会回一趟家，老王期待儿子回来，可是又怕儿子回来。因为建国每次回家都要拉着老王拍视频，有的时候甚至直播老王的生活，他要老王带他去钓鱼，坐在河边，建国和粉丝互动聊天，引起河岸边不少钓友的不满。

后来建国不去钓鱼了，他开始直播老王吃饭、直播老王喝茶，抽烟。老王知道，镜头那边不知道有多少双眼睛在盯着他看，这让他浑身不自在。

一开始，建国的短视频和直播确实有不少网友围观，可是老王实在不会与粉丝互动，而且一个退休老头的生活枯燥而单调，热度过了之后，建国的粉丝迅速减少。粉丝的锐减让建国丧失了做直播的兴趣，对父亲的那份儿敬重也缩了水，慢慢地，建国回家的间隔越来越长。眼瞅着中秋节就快到了，建国却迟迟没有回来的意思。

（四）

刚进八月上旬，滦县就已经露出秋的迹象，一些心急的树叶褪去绿色，一早一晚的天气也凉了不少。老王接到了县电视台的邀请，作为特邀嘉宾参与中秋节晚会的录制。

为此，桂琴特地给老王订做了一身西装，看着镜中的自己，老王觉得特别别扭，具体哪里别扭他又说不上来。录节目那天，桂琴和老王一起去的电视台，老王参与的环节叫作“滦县力量”。一开始，编导说只有老王一位嘉宾，可是到了影棚，老王才被告知还有一位教师也是嘉宾。

这个节目是晚会中的对话环节，主持人邀请老王和女教师上台，聊一聊各自的故事，说几句祝福的话。到了录制的时候，老王察觉出了异样：多次采访过自己的记者朋友一直围在那名教师身边，化妆师仓促给自己化好妆后也用手机去拍那名老师。

在舞台上，老王听明白了，这位女教师在四川大凉山支教了六年。这次调回滦县，主要是为了引导更多的年轻教师到内陆地区扶贫支教。她的事迹刚刚上了国家级主流媒体，据说还得到了市里领导的亲切接见。

女教师受过良好的教育，面对镜头侃侃而谈。老王虽然背过了一些词汇，可是在录制的时候，编导仍旧几次叫停，让老王按照他们准备的脚本进行陈述。

录完了节目，女教师拦住了老王：“王叔叔您好，我看过您救人的那段视频，真的太正能量了。”

老王笑了笑：“没啥，没啥。”

女教师捋了一把头发，眼角依稀可以看出皱纹：“王叔叔，其实有个事儿想麻烦您的。我想请您帮我录个视频，号召年轻的教师去山区支教。”

其实老王对这个女教师并不排斥，但是刚才录节目的时候，女教师风头大盛，压他一头，这让老王不是很开心。他摆了摆手：“算了吧，我糟老头子一个，对着手机屏幕说不出什么，你还是找一些年轻人，他们说得更好听！”

女教师不死心，继续说道：“王叔，我给您写一段，您照着念可以不?”女教师与老王分享中秋晚会的舞台，桂琴对此本就心生不满，此时看见女教师对老王不依不饶，她更不乐意了：“我们家有德不打广告的，你还是去找别人吧。”说着桂琴拉着老王走出摄影棚，留下女教师一个人呆立在原地。

中秋过后，桂琴几次催促老王去粮食局要房子。两个多月前，粮食局一把手杜丽丽当着县委副书记的面亲口说了要给老王解决房子问题，如今却未能落实。

一开始，老王并不想去，自己已经退休，去跟局里的小青年争房子已够惹人厌恶，现在还理直气壮地去局里晃悠，这让年轻人怎么想。可是，杜局长做了承诺却一直没有下文，老王心里也打鼓，加上桂琴一再催促，这天清晨，老王决定去拜访一下杜局长。

他像上班时一样，早上8点准时来到粮食局大门口。门口的保安换了一批新人，卡着老王不让进。老王说：“我就是粮食局的退休职工，凭什么不能进？”

小保安嬉笑地说：“杜局长说了，进门得有门禁卡。没有门禁卡的就是客人，客人需要预约，您预约了吗？”

“预约？”老王来之前确实没有跟杜局长打招呼，“我就进去找领导谈点事情，这还要预约？”

“没办法，要不您在这儿等一会儿？我们也得按规矩办事，现在不比以前！”小保安仍旧笑嘻嘻的，说话挺客气。老王没办法，只得在门口站着。曾经的同事进进出出，老王觉得挺没意思，几次想走，可回去又没法跟桂琴交代。“真是人走茶凉，人走茶凉！”他在心里暗暗咒骂。

以前同办公室的小魏远远瞅见了被堵在门口的老王，现在小魏是办公室的魏主任，他热情地带着老王进了单位。单位内的布置和两年前他退休时的一样，只不过几间领导办公室进行了调整。

“去我办公室坐会儿？你可是咱们粮食局的大红人！”

“红人？刚才那保安还不让我进门！”老王说。

魏主任说：“他能不认识你？他那是故意的，等我回头收拾他！”

老王不想去小魏办公室，当年小魏在老王的手底下干活，现在按级别，小魏已经是副处，而自己还是个科级，他心里别扭。“我等会儿杜局长吧，你忙你的，改天等你清闲了，我们坐坐。”

魏主任也不强求：“也好。”他抬手看了看表，“杜局估计在办公室，她来得早。”告别了小魏，老王径直走上四楼。四楼只有三个办公室，都是阳面，中间是正局长的，两侧是两个副局长的。他走到中间办公室门口，杜丽丽果然在里面打电话。

老王没敢贸然开门，听着屋里收了线才推门进去。杜丽丽抬头看了一眼老王，脸上挂起笑容：“老王，今天有空回单位指导工作？快坐，快坐！”她起身给老王倒了一杯热水。

老王坐在杜丽丽对面，不知道房子的事儿该从何说起。杜丽丽知道老王是为房子的事情而来，可她就是不提这茬，从中秋晚会聊到养生最后聊到了支教老师，半个小时过去，老王到底沉不住气了。

“杜局，上回您说的房子的事，需要我这边办什么手续呢？”老王问。

“办公室小刘没跟你联系吗？这孩子做事毛里毛糙。”杜丽丽做出诧异的神情，“是这样的老王，上个月党组会上研究你房子的问题了，现在局里也在和住建局那边沟通。你知道的，今年咱们市里住房管理领域一直在改革，不过你的房子肯定没问题，可能就是办起来有些变化，政策变了嘛！”杜丽丽说。

杜丽丽明显在搪塞老王，可老王却想不出好的理由来催促杜丽丽，寒暄几句后，老王背着手走出了粮食局。他安慰自己，这遭总归是没有白来的，最起码让领导知道，自己是惦记着这件事儿的。

他哼着歌儿，慢悠悠地往回走。路过公交站，他突然在站台海报上看到了一张眼熟的面孔，他靠过去，看清海报下面的宣传语是鼓励青年教师去西部支教。他想起来了，海报上的是那个到四川支教的老师，他又细细端详了一遍海报，海报比真人漂亮太多。

剩下的那段路，老王走得有点落寞。都是中秋晚会上的特邀嘉宾，为什么她就能被印成海报贴在路边，而自己却不能？

可能是因为自己老了，而别人还很年轻吧。老王安慰自己。

（五）

滦县下第一场雪的那天，老王病倒了。全身无力，头疼欲裂，桂琴拿来体温计一测，竟然高烧四十度，当晚老王就住进了县医院。

老王的病并不是没有来由。

他梦寐以求的房子下来了，只是改革后，这套房子的均价只比市场价低了不到一千元钱，如果购买还得签署一纸十年内不得转售的协议。

“你们怎么能这样，这是县委副书记给我的房子！”老王气得嘴唇哆嗦。可政务服务大厅住建局的工作人员仍旧面无表情。“大爷，您这个房子是特批的。现在的房价多贵啊，这房子可比市场价便宜九百多，一百平米下来可就是九万多。”

“是，可你们最低百分之五十的首付款，这就是六十万，我去哪儿弄这六十万？”

“大爷，这个问题真的不在我的业务范围内。”工作人员话锋一转，“当然，您也可以选择放弃这套房子。”

老王去粮食局找杜丽丽，门口保安依旧拦着不让进，老王给魏主任打电话，魏主任告诉老王，杜丽丽去市里开会了。“老王，杜局估计管不了你这事儿了，她马上要调到市粮食局当副主任了。”

老王气鼓鼓地往回走，路过公交站，那名支教老师的照片仍旧在广告牌上，冲着来来往往的行人微笑。他走着走着感觉脖颈凉凉的，眼前开始飘起雪花糁子，没有一丝风，可凉气却灌进衣服，他感觉自己的身体在不停战栗。

那天晚上，老王病倒了。

上了年纪的人在疾病面前是那么被动，老王前前后后在医院折腾了半个多月。这期间，建国回来过一次，听说房子的事儿后，他蹲在医院门口默默抽了一根烟，他没有办法给父母出这个钱，他的孩子刚上小学，妻子刚刚怀上二胎，他得为自己的生活做考量。

桂琴沉默地照顾着老王。一开始，她以为老王生病的消息传开后，会有一些亲戚朋友过来探望，她每天化好妆，准备好水果、热水等着接待亲朋，然而，除了两个走得近的亲戚之外，老王的病房一直静悄悄的。

小陈倒是来过一回，她带了一束鲜花和一个果篮。现在她已经是社区的副主任了，一身藏青色的西服套在身上，让她显得格外臃肿。桂琴招呼她吃水果，小陈把橘子拿在手中把玩了一会儿说："王叔，还有一个事儿，咱们社区要做楼房外墙保温，需要业主签个字。"老王在那个协议上郑重地签下了名字，小陈满意地说："成，您签完了字，明儿就开工。"

老王出院的时候，墙角背阴处还有一些积雪没有融化。他裹着厚厚的羽绒服，戴着帽子，小区里，每栋楼的外墙上都立着脚手架，快过春节了，工人们在赶工期。

年三十儿晚上，整个县城被绽放的烟花笼罩。市里下了文件，从明年起，滦县全域开始禁放烟花爆竹，人们抓住最后机会来告别这即将消失的传统习俗。在这天，老王看到支教女教师登上了县电视台的春节联欢晚会，她画着精美的妆容，讲述她在大凉山的故事，汇报半年来参加支教的教师数量。

窗户外面的烟花很绚烂，春晚节目很热闹，可老王心里却空落落的。如果当时他没有救那个孩子就不会成为网红，那么张副书记和杜局长也就不会去他家；假如没有杜局长的许诺，老王就不会对房子有所期待，不对房子抱有期待，那么就没有这么强烈的失望。

经过一段时间的休息，老王的身体日渐恢复。这天，他从储藏间里翻出了鱼竿，自从救起了那个落水的孩子之后，老王每天忙着接受采访、参加活动，钓过两次鱼，也是在建国的镜头里做做样子。

现在，生活重归平静，他装好鱼线，拎起小马扎，朝着妫河走去。此时的妫河还沉浸在冬日的睡梦中。河面上结着厚厚的冰，几个钓友在河边打出钓洞，面对冰冷的河面，守护着鱼竿上的希望。离他们不远的冰面上，不少孩子在滑冰，欢声笑语远远传过来。

坐了一上午，一起钓鱼的人都收获颇丰，只有老王这边没有一条鱼儿咬钩。老王自嘲："手生了，手生了。"可他自己知道，当他手执鱼竿的时候，眼角余光一刻没有离开冰面上的孩子。他在想：如果冰面突然破裂，有一个孩子掉进水里就好了，他会第一个冲上去救起孩子，身边这么多人，一定会有人再拍下视频传到网上的。

凡人歌

2015年·夏

定福安庄

有人把定福安庄比作一个收容站，这里聚集着来自五湖四海一无所有却怀揣梦想的年轻人。与村子一河之隔的是北京最大的科技产业园。晚上，产业园楼顶的霓虹灯把夜空照得五彩缤纷，这时的定福安庄也变得华丽起来。下午过了六点，从地铁口涌过来的人流渐渐汇成一条汹涌长河。这些人从北京各个写字楼下班归来，他们穿着整洁笔挺的衣服，头发打理得一丝不苟，背着价格不菲的包，走在科技园的时候，他们昂首挺胸器宇轩昂，走过小桥后就变回了生活的常态。

定福安庄的原住民将自家的平房推倒建成公寓，原本宽阔的道路变得逼仄、拥挤、混乱。每到下雨或下雪时，街道上污水横流，泥泞不堪。主路两侧挤满了小超市、小饭店、彩票店和洗头房，夜幕四合，小小的定福安庄人声鼎沸，烟火气在这里腾出一幅人间图景。

是同事康康带着章羽来到定福安庄的。康康准备换工作，房子还有两个月到期，他找到正在四处租房的章羽，问他愿不愿意续租自己的房子。章羽跟着康康走进科技园，园内高楼挺拔，路面宽阔，地砖花纹精致，路两边草坪上树木苍翠，花坛内百花齐放，置身于此，章羽也慷慨激昂起来。在他的认知里，北京白领工作或居住的地方就应该是这样充满现代感的。这才是北京。

康康并没有在任何一栋建筑旁停留，在保安警惕的目光中，他引着章羽穿过产业园后面一个低矮的小门，顺着小河边走了一会儿，那座石桥出现了。河对岸是一个城中村，自建房和临时建设野蛮生长，杂乱无章。

康康从章羽的脸上看出不悦，他在桥头站定，从兜里摸出一盒烟，抽出一根递给章羽，康康说："跟想的不一样吧。"章羽苦笑了一下。康康从旁边的煎饼摊上买了一个煎饼，一手夹着烟，一手托着塑料袋，微微弯着腰，就着河里泛起的腥味大口吃了起来。

"这才是真正的北京。"康康大口咀嚼着煎饼，腮帮子鼓鼓的，这与他在办公室文质彬彬的形象大相径庭。"那边是梦想，是给别人看的。"康康指着科技园，嘴巴里的食物囫囵咽下，"这边才是生活，要自己品尝的。"康康吃完煎饼，把塑料袋揉成一团随手丢进一旁的垃圾堆："还要看房吗？"

正午的阳光刺痛了章羽的眼睛。身着黄色和蓝色外套的外卖小哥不时从他身边穿过，睡眼蒙眬的年轻人顶着蓬乱头发，踩着拖鞋在路边买水果，一对情侣走过他们身边，说着肉麻的情话，穿着睡衣的中年妇女在追打小男孩……

“看。”章羽说。

公寓楼临街，是一座三层建筑，每层经过精确计算，分割成八个十几平米的小公寓。十几平米的空间虽小，但卫生间、厨房、卧室一应俱全。一个简易衣柜里面胡乱塞着各个季节穿的衣裳，地面上布满了烟头留下的暗黄色痕迹。

章羽走到窗前，正好能看见河对面的科技园。硕大的玻璃幕墙反射着圈圈点点的光，阳光经过玻璃幕墙的反射有了色彩，蓝莹莹的，就像梦想。

章羽转过身说：“康康，你这房子我租了。”

外卖员

章羽是一名记者，就职于一家创办于上世纪五十年代的报社。在某个时候，这份报纸名满京城，日印刷量突破十几万份，那时候，成为这家报社的记者是一件光耀门楣的事儿。如今风光早已不再，但报社仍在维系，报社副刊编辑发过几篇章羽的散文，觉得这个西北小伙是个可塑之才，于是章羽就从老家只身来到北京。

章羽梦想着成为一名大记者，每天风尘仆仆，奔波劳碌。大多数采访就是走一个流程，记者赶到新闻地，接待的人员提供新闻通稿。记者随便找个地方休息，等着活动方的稿子、照片和视频。初出茅庐的章羽不管这些，他总是要追着受访者问这问那，对于新闻通稿更是不屑一顾。他重新撰写的新闻稿件往往要比通稿高明不少，不少媒体会直接转载他的新闻。顺利过了试用期后，康康的辞职也让章羽顺理成章地留在报社。他不仅接替了康康在定福安庄的单身公寓，也接手了康康所有的工作。

作为感谢，当天章羽提出要请康康在定福安庄最高档的饭馆吃一顿。康康带着章羽走进一家拉面馆，店里十几张桌子一多半空着，服务员懒散地趴在吧台玩手机。康康找了一个靠窗的位置坐下，点了一份儿炒饭，章羽要了一碗拉面。章羽刚到北京，囊中羞涩，康康没有让章羽破费，章羽对此十分感激。等餐时，两人胡乱聊着天，得知章羽是学历史的，康康连连摇头："学历史的人，吃不了记者这碗饭。"

章羽诧异了："为什么这么说？"

康康说："我师父就是学历史的，在报社干了五年，眼看就要提了，可他却选择了辞职。他跟我说过：学历史的人活得太明白，装不了糊涂。"

经过几个月的试用期，章羽刚刚体会出记者这份工作的乐趣，康康的话像一盆凉水浇过来，他执拗的劲头上来了："我不这么认为，学历史的对新闻敏感，正合适呢。"

康康笑笑，不说话了，低头摆弄着手机，这时店外头"咣当"一声，店内的人齐刷刷地望向门口。几秒钟后，一个外卖小哥一瘸一拐走进屋子，他的工作服被面汤浸湿，头盔歪戴着，下巴上一片黑色的泥水，脸上堆着苦笑。

老板从后厨出来，望着外卖员，脸上露出了不悦的神色。

“老板，面撒了，再给做一份儿吧。”外卖小哥说。

老板撇了撇嘴：“外卖出了门，可不关我的事儿啊，要重做也行，可你得掏钱。”

外卖员掏出一张皱巴巴的二十元纸币钱递给老板：“麻烦快点儿，单子要迟到了。”

“总得有个先来后到吧。”老板把钱扔进钱箱，找给外卖员五块钱，“最快得十五分钟”。外卖员委屈地说：“我这单白跑了，要是被投诉，还得倒贴钱。”

老板冲着章羽一努嘴说：“下一碗是他的，你问问人家跟你换不？”外卖员犹豫了一下，一瘸一拐走到章羽跟前，语气近乎哀求：“小兄弟，您不着急的话，能不能……”

康康盯着手机，头也不抬：“不好意思，我们也赶时间。”外卖员苦着脸望望章羽，又转头看向老板。老板没有接话，起身向后厨走去。

章羽动了恻隐之心，他对康康说：“我不是很饿，要不先给他做得了。”外卖员欢喜起来，他顾不得向章羽道谢，几步挪到吧台前，冲着后厨大声喊：“老板，老板，那位帅哥同意了，先给我出，我着急。”

外卖员回到章羽面前不住道谢。康康对章羽说：“兄弟，你这样会吃亏的。”外卖员接过话头说：“小兄弟心眼好，好人是不会吃亏的。”

康康悄无声息地离职，他的工位一夜之间搬空了。同事保持了高度默契，没有人谈论起康康，仿佛这个人不曾在报社出现过一般。有时候章羽和同事聊起康康，对方也是将话题一笔带过，同事们这种态度，令章羽感到阵阵寒冷。接手康康的工作后，章羽的工作量多了不少，有时顾不上吃饭，他就随便点些外卖解决。有一天章羽取外卖时，外卖小哥叫住了他："小兄弟，是你啊。"

外卖员个头不高，皮肤黝黑，两只眼睛神采奕奕，这个面孔似曾相识，章羽一时间想不起来。外卖员憨憨地笑起来，脸上露出两个小酒窝。"定福安庄，上个月我在拉面店门口摔了，你跟我换了出餐的顺序，这才让我那一单没有迟到。"

章羽想起来了，他笑了笑："举手之劳而已。"

外卖员说："对你是举手之劳，对我可不是嘞。"他望着章羽身后的报社说："你是记者？"

章羽点点头。外卖员竖起大拇指："有文化，真好。"

外卖员所提之事让章羽想到了康康，他想到康康那晚对外卖员的态度，隐隐觉得：同事们对康康的冷漠不是没有缘由。章羽心不在焉，外卖员也不再多聊，临走时他说："小兄弟，你是住定福安庄吧？我在那儿看上了一个店，等开业了，你一定要来捧场啊。"

2016年·秋

驴肉火烧

志伟祖上是杀驴的，手艺传到他爷爷这辈儿断了。爷爷年轻时也杀驴，四十岁那年，家里两个孩子连饿带病相继没了，爷爷认为是自己手上沾血太多，于是把刀卷了刃，从此不再干杀驴的买卖。他搭起了驴肉火烧棚子，做驴肉火烧的手艺也就传了下来。到了志伟这一辈，家里已经有了一家六十年的驴肉火烧店。店面不大，很难发财，起早贪黑也就混个温饱。父亲把店交给了大哥，志伟不想跟哥哥抢生意，于是告别妻儿只身来到北京闯荡。

他的梦想是在北京开一间属于自己的驴肉火烧店。开店需要本钱，他送了三年外卖，终于有了一笔积蓄。定福安庄村口那个铺面他盯了很久了。送外卖的时候他一直在观察，定福安庄这个城中村里住了两万多人，村里的餐饮店众多，天南海北各类小吃齐全，却唯独没有驴肉火烧。在村口开一个驴肉火烧店，每天早上就有两万张嘴路过，他只要能卖出一百个火烧，一天的本钱就算挣回来了。

志伟每天凌晨三点起床，去早市买最新鲜的驴肉，四点开始卤肉、和面，五点开始打火烧。过了五点半，开始有零星的人出门，七点到八点是客人最多的时候。志伟做的驴肉火烧，肉质鲜美，火烧瓷实，味道上乘，很快积累了一批忠实粉丝。多的时候，一个早上他能卖出五十多斤驴肉。

志伟做生意并不急于赚钱，如果有人忘记带钱或是手机没电，不管和对方是否熟络，他都会说："先拿去吃吧，别耽误上班，下次一起算。"有的人第二次光临时连上次的账一起结了，有的人就再没出现，志伟也不在乎，下次遇到仍旧赊账，而这样的代价就是每天盘账的时候，数目总是对不上。

这天下午，志伟正在准备晚上的食材，章羽挎着相机走进店来。章羽的造访令志伟格外开心，他起身给章羽让座、倒水。“我在做一篇关于外卖小哥的新闻调查，想起你曾送过外卖，想采访你，不知道方便吗？”听到章羽采访的要求，志伟呆住了，他看过电视上的采访，受访者面对镜头侃侃而谈。他紧张起来，摇着头说：“别，别，我可不会说。”章羽解释了好一会儿，他才明白这次采访不是上电视，而是上报纸。所谓采访，简单来说就是聊天而已。志伟笑起来：“聊吧，聊天好，我没文化，上不了镜的。”

志伟一边忙着手上的活儿，一边跟章羽有一搭没一搭地聊着。章羽来自青海，志伟是河北人，二人相差十岁，却越聊越投机。采访一直持续到晚上九点半，志伟提出请章羽吃驴肉火烧，章羽摇头。“你配合了我的采访，应该我请你才对。我们去吃鱼，顺便喝一杯。”

那是章羽和志伟第一次喝酒，两个人都喝了不少。在这样一座超级城市里生活着三千多万人，能够遇到一个聊得来的、脾气相投的人，并不是一件容易的事情。酒精让两人分外亢奋，聊起未来，聊起梦想，借着酒劲儿，他们约定将来一定要组队骑摩托进藏，在 317 公路上纵情奔驰。

志伟一个人照看店铺，客人少的时候还能应付，遇到客流高峰，就显得手忙脚乱起来。收桌、夹火烧、收钱、找零……一天下来，志伟感觉自己的小腿已经不属于这个躯体，腰部传来的阵阵疼痛也时刻在提醒着他：你已经四十多岁，不再年轻了。

章羽几次劝志伟请一个帮手，志伟总是摇头。张罗这间小店，志伟不仅花光了积蓄，还向大哥借了一笔钱，苦点累点又算什么呢，力气又不花钱，睡一觉它就会再生长出来。

“嫂子呢，把嫂子接过来给你搭把手啊？”章羽问。

志伟抽着烟，说：“我儿，离不开妈。”

章羽乐了：“那就把孩子一起接过来。”这句话一出口他就后悔了，在北京，外地孩子上学是一件复杂且艰难的事儿。志伟沉着脸，把烟抽得滋啦滋啦响。

如果不加班，章羽会来小店帮志伟忙活。一开始志伟要给章羽钱，来回推托几次后，章羽生气地说：“你要再这样，就当咱俩没认识过。”志伟妥协了，他也确实需要一个人帮他操持，特别是在晚上。

志伟做的驴肉味道一流，章羽总是泡在火烧店，驴肉的膻气让他心生抗拒。每次打烊之后，志伟总是变着花样做一些小菜，熬点粥，两个人对坐着慢慢吃。“挺好挺好，我一个人晚上总是瞎对付，来你这里蹭饭，合适。”章羽吃得兴高采烈，志伟知道这是章羽的安慰。每次章羽来，他总是想着法做些可口的菜，以此来表达自己的谢意。

有次吃饭时，两人的话题扯到了女人身上。志伟聊起了春花，章羽聊起了小洛。章羽说：小洛特别善良，她现在工资不高，宁愿自己吃得差一些，也要给公司楼下的流浪猫买火腿。

章羽说：小洛文采斐然，是他长这么大见过的最有才情的女孩子。

章羽说：将来要是结婚，一定找像小洛这样的。

志伟到底比章羽年长一些，他看得出，章羽是喜欢上了这个叫小洛的女孩子。他一本正经地说：“兄弟啊，你有工作，有文化，有学历，有心上人就一定要去追。”

章羽脸红了：“咳，我随口说说，随口说说。”

小洛

报社有老带新的传统，小洛就是章羽的徒弟。小洛读的是工科，毕业于南方的一所三本院校，误打误撞考进报社，不少老记者不愿意带她。王主任犹豫再三，把章羽叫了过去。

章羽一开始极力推辞，他才上班一年多，是没有资格带徒弟的。王主任一锤定音：“你的水平报社有目共睹，带徒弟没问题，好好带小洛，她底子不错。”就这样，章羽屁股后面多了一个“跟屁虫”。

章羽对自己师父的身份有着漫长的适应过程。一连几天，章羽带小洛出采访时只是让她干一些录音、收宣传资料的杂活儿，回到单位后仍旧自己写稿。一周后，小洛受不了了，她找到章羽委屈地说：“师父，是我哪里做得不好吗？我学历不高，可我愿意学习的。”

章羽一时间没明白小洛的意思。小洛抽抽搭搭哭了起来，章羽慌了：“小洛，你，你这是怎么了？”

“师父，你为什么不教我写稿子？”小洛的妆花了，脸上带着深深浅浅的泪痕，楚楚可怜。面对一个梨花带雨的姑娘，章羽手足无措。他不知道怎么安慰，抽出两张纸巾递给小洛：“快擦擦。”小洛不接，只是兀自啜泣。

章羽搜肠刮肚，终于憋出回答：“我不是不教你，是还没到时候。磨刀不误砍柴工嘛，你先看看工作流程，熟悉一下不同的新闻。”

小洛停止了哭泣，一双泪汪汪的眼睛盯着章羽说：“真的吗，师父？那我什么时候能够自己出去采访呢？”章羽挠挠头：“明天，不，后天经开区有个新闻发布会，你去试试？”小洛笑了，弯弯的眼角里还带着泪痕。

章羽也说不清小洛是如何刻进他的脑子里的，他在写稿时、看书时、采访时、走路时、吃饭时，小洛的一颦一笑一直在眼前晃啊晃。可当小洛真实地站在他面前时，他却又摆出一副为人师表的姿态。他纠结在这种情绪里，找不到一个恰到好处地与小洛相处的距离，这种感觉又很诱人，每天早晨起床，想到能与小洛一起工作就会格外兴奋，小洛成了支撑他上班的全新动力。

有一天临近下班，小洛拿着一篇报道找到他。那是一篇关于城郊农村工厂私排污水的稿子。章羽放下包，仔细地看了一遍后，皱起眉头，严肃地说：“这个题，不在我们的采访计划中吧。”

小洛的鼻尖上冒出了细汗：“是不在，可是我接到了很多村民的投诉，这事儿我们能曝光不？”

章羽问：“你去现场了？”

小洛摇摇头。

章羽拿起衣服，带上相机。“晚上有别的事儿吗？没有的话，我们过去一趟！”小洛眼睛又弯了起来，她用力地点了点头，神色欣喜，就像一个获得糖果的孩子。

他们到那个村子的时候，天已经彻底黑透了。空气中弥漫着一股刺鼻的化学药剂的味道，工厂一片灯火通明，让这个村子显得不是那么荒凉。两个人悄悄摸到厂房附近，臭味越发浓郁，土地开始变得泥泞不堪——排放点快到了。

“哎呀——”小洛发出一声惊呼，章羽回头，发现小洛呆立在原地，他反身回去走到小洛身边，小洛委屈地说：“师父，我的鞋陷进泥里了。”此刻小洛靠左腿支撑着身体，右脚微微抬着。章羽说，“你踩着我的鞋。”小洛扶着章羽的肩膀，轻轻踩着章羽的脚面，章羽打开手机上的手电筒，伸出手在烂泥中摸索。

周遭的空气恶臭刺鼻，手上的泥巴油乎乎的，章羽的胃里翻江倒海，但心里却开出了一朵花。现在，他与小洛的距离是如此紧密，他们孤立无援，他们只有彼此。

那一晚，章羽带着小洛在河边拍下了三个污水排放点。他们身上沾满了污泥，返程时叫了多辆出租车，司机都因他们太脏太臭而拒载了。两个人就徒步走到镇子上，扫了共享单车返城。夜空深邃，稀稀疏疏的星星像是天幕上的小洞，路灯硕大，光芒万丈，他们的影子在地面被压短又拉长。小洛很兴奋，这次暗访给她的稿子增添了不少新素材。

“师父，你会一直当我师父吗？”骑着骑着，小洛突然发问。章羽急刹车，骑在他后面的小洛险些撞到他。已过立秋，夜风透着寒意，小洛的鼻头红红的，章羽脱下衣服，披在小洛身上，然后一字一句地说："如果可以，我希望永远当你师父。"一辆货车呼啸着从两人身边驶过，车灯晃过两人的面庞，他们的笑容甜蜜且温馨。

那篇章羽和小洛联合署名的新闻调查到底没能刊登出去。那是王主任第一次批评章羽，章羽不服，跟主任针锋相对，直到其他同事过来劝解才收场。这篇被紧急换下的报道几经辗转后到了相关部门领导的手上，领导大发雷霆，彻底关停了那几个小工厂。

2017 年 · 冬

小团圆

第一次见到小洛，志伟略有失望。他不止一次听章羽将小洛夸得美若天仙，当章羽真的带着小洛走进餐馆的时候，志伟看到的只是一个瘦瘦的，戴着眼镜扎着马尾，笑起来眼睛就眯成一条细线的女孩。

岁末将至，春花带着儿子来北京，志伟邀请章羽一起吃饭，还特意嘱咐他带上小洛。小洛腼腆地跟志伟和春花打招呼，春花拉着小洛的手："哎呀，小洛真是个俊闺女。"小洛傻傻笑着，扭过头去看章羽，章羽的脸上写满了骄傲。

子睿今年七岁，瘦瘦小小的。他低着头趴在桌上摆弄着手中的魔方，小洛走过去热情地打招呼：“你好呀，小朋友!”见子睿没有回应，小洛笑着坐在子睿对面，“你在玩儿什么呢?”子睿喉咙发出“呜呜”的怪声，紧紧咬着牙，表情扭曲着，手上的魔方转得毫无章法，他认定这个小东西在与他作对，他要拧出魔方应该的样子。春花从厨房跑出来，对着小洛打手势，示意小洛不要跟子睿讲话。这时志伟端着一盘炸糕也从外面走进来，看了眼坐在子睿对面的小洛，他赶忙招呼章羽和小洛过来入座。

章羽和小洛发现了子睿的异常，而志伟两口子的反应似乎也印证了他们的猜测。他们踏入了志伟的秘密禁地，很自责也很难过。过来一会儿，志伟说话了：“子睿啊，和别的孩子不太一样。他有自闭症。你说这种富贵病，怎么就找到我们这穷人家了。”小洛扭头去看子睿，从章羽二人进来，子睿自始至终保持着相同姿势，神情专注，全身心地投入到与魔方的战斗中。“他三岁的时候查出来的，身边离不开人，这些年走了不少医院，心理问题，不太好治。”

店里的空气凝固起来，只有子睿手中的魔方在“咔啦咔啦”地响着。春花率先打破了沉默：“别坐着了，快吃饭，志伟跟我端菜。”很快，桌子上摆满了各种菜品。店外寒风吹彻，车水马龙，人声喧嚣，店内，四个人围坐在餐桌前，小洛望着几乎要摞起来的盘子，温馨、喜悦、幸福、满足、甜蜜……她脑子里所有关于美好的形容词，似乎都不足以描述此刻她的感受。

志伟端着酒杯：“章羽是个好人，这一年一直在帮我，我也不会说话，咱都在酒里。”

章羽接过去：“祝志伟的店做大做强，在北京开连锁，搞加盟，做上市。”

几个杯子碰在一起，热气腾腾，他们收起伤心与遗憾，笑容满面。他们来自五湖四海，所讲的方言各不相同，但此刻他们有一个共同的愿望，靠自己的勤劳与智慧，踏踏实实地在北京这座城市生活下去。

春花是带子睿来北京看病的，他们满怀期待，可北京的医生却并没有给出灵丹妙药。在北京的最后一天，志伟要春花带子睿去逛一逛，春花的脸上露出一丝犹豫，没有同意也没有拒绝，只是埋头忙着手上的活计。志伟明白，春花不常来北京，面对这座庞大的陌生的城市，她心底里是恐惧的。

志伟说：“明天把店关了，我陪你们出去。”

春花说：“算了，算了。出去花钱，这边再关店，里外咱得损失多少啊。”

志伟看着跟自己苦了十年的结发妻子，心里涌起了一股疼惜，这更坚定了他要带春花逛北京的想法，两个人僵持不下，志伟想到了章羽。此时，章羽正在和小洛商量着周末的游玩行程，于是欣然接受了志伟的托付。春花、子睿、章羽、小洛这支临时拼凑起来的四人观光团成立了。章羽推荐了故宫、圆明园、八达岭长城几个旅游景点，春花听了不住地摇头。小洛猜出了春花的顾虑，她说：“我们要不去清华大学看看？那里是中国的最高学府，而且拿身份证就可以进，不用买票。”春花眼里有了光，她望向章羽，章羽说：“好，那我们就去清华大学。”

风挤进车厢，支离破碎，呜咽作响，子睿好奇地在车厢内张望，寻找声音的来源。地铁摇摇晃晃，呼啸向前，春花一只手拉着子睿，一只手拉着扶手，她盯着北京地铁线路图出神。在那张地铁图上，她看到了雍和宫站。

雍和宫她是知道的。这些年，她带着子睿跑遍了华北地区的医院，也走了太多的寺庙、教堂。她想：神明应该也是有等级的吧，北京的菩萨、佛爷总是要比其他地方的法力更高。春花轻轻拉了拉小洛的衣角。“雍和宫离清华大学远不?”小洛说：“还好，一个小时地铁。”小洛问明白了春花的心思，她问道：“想去雍和宫了?”春花点了点头。

四个人临时改变行程，直奔雍和宫而去，到了雍和宫门口，春花执意要给章羽和小洛买票，小洛买了一些香。雍和宫内殿宇恢宏，佛殿诸多，香火旺盛。春花每到一个殿前都会虔诚跪拜，子睿就站在母亲身边，呆呆望着殿内造型怪异、他叫不出名字的神明诸佛。雍和宫内人流如织，却没有其他景区那样嘈杂，神明的居所庄严神圣，来这里的所有人心中皆有所求，他们用沉默表达着自己的诚意与敬意。

章羽和小洛没有上香，他们还没有到那个需要把梦想托付给神明来实现的年纪，也没有遇到需要靠神明庇佑的事情。他们两个跟在春花后头，静静地看着她下跪、磕头、许愿、上香，一遍一遍。

整改

北京似乎很久没有下过这样的雪了。一天之间，天昏地白，窸窸窣窣的雪花压得人喘不上气。定福安庄的街道上冷冷清清，一两根车辙印隐隐约约凹进雪里。这座城市似乎被这场大雪冻住了。

章羽把大衣裹得严严实实，走在坑坑洼洼遍布泥泞的道路上。鞋子已经被雪水湿透，脚底冰凉，刺入骨髓。拐进村口，志伟的火烧店亮着灯，小小的窗户上积着一层水汽。他快跑几步，推开小店的门，热气腾腾的驴肉香气迎面扑来。店里只有两个上年纪的老头在对饮，一人一个火烧，两盘小菜，两人喝得红光满面。

志伟从后厨探出头，看到章羽头发花白，身上落了一层雪。“快进来，暖和暖和，今儿店里不忙，一会儿我们喝点儿。”章羽掸了掸肩上的雪，在靠门的桌前坐下。过了一会儿，志伟洗了手，坐在章羽对面，他发现章羽表情凝重，于是问道：“跟小洛吵架了？”

章羽摇摇头，手中把玩着一双筷子。

志伟又问：“是工作不顺利？”章羽抬起头迎着志伟的目光，深深叹了口气：“记者太累了。不是身体上的，而是心累。也不是累，就是感觉到无力，没劲。”

志伟笑了，嘴角的两个酒窝生动起来：“我不太懂什么是无力，你要是累了就休息两天，带着小洛出去转转，北京多好啊，看都看不过来。”章羽望着志伟，郑重地点了点头。

送走了两位喝酒的老头儿，时间已近十点。志伟准备明天打火烧的面，章羽清洗着辣椒和生菜。两人正忙着，店门洞开，一股冷风灌进来，紧接着一个肥硕的身体挤进小店。志伟看了眼，立马上前：“赵哥，你怎么过来了？”赵胖子并不理会志伟，他背着手，迈着四方步，仔细打量店里的陈设，走到厨房门前，他用手推了推隔断墙，有灰簌簌地落下。

志伟拉过凳子，招呼赵胖子落座。“赵哥，吃了没？我正准备打火烧，给你添块面。”赵胖子坐下，硕大的体型把小圆凳覆盖。他收回逡巡的目光，开口了：“志伟，别只忙着赚钱，你把我这房子弄成什么样子了？墙皮全掉了，隔断也损了。附近住的不少人说你每天早上‘叮叮当当’吵得他们睡不好觉。我没法跟人交代啊。”

志伟愣了一下，随即说：“我以后注意，以后注意。”他像个做了错事的小学生，恭敬地站在赵胖子面前。赵胖子又说：“按理说，这房子租给你了，我不能插手，可是你看，这房顶是不是该修一修了？去年夏天，漏雨了吧。”志伟点点头，“是，是是。”

章羽看出了赵胖子的意思。志伟小店的生意红红火火日进斗金，这位房东坐不住了。“你说吧，你要什么？”章羽走到赵胖子跟前说道。

赵胖子上下打量着章羽。章羽穿着一件茶色羊毛衫，灯芯绒裤子，墙上挂着毛呢大衣。赵胖子大概猜出：这个替志伟出头的小子，是个坐办公室的主，要比志伟难缠一些。

“小兄弟，你这话是什么意思？”赵胖子话虽强势，语气已没有了刚才的那股盛气。章羽坐在赵胖子对面：“你是房东吧？我是志伟的朋友。咱别那么多弯弯绕绕，有什么就直说。”

赵胖子看向志伟：“好，志伟，你这朋友是个爽快人，那我也打开天窗说亮话。今儿有个老板通过一个朋友联系到我，说这间房子他愿意出高价租。”

志伟一听立马着急起来：“赵哥，咱约了三年，这才一年半啊！”

“是啊，我也是这么跟我朋友说的。可人家愿意出钱啊，出高价。你说，你要是我，你怎么办？”

志伟慌了，哀求道：“都说好的，赵哥，咱不能这样。”

“我是个讲信誉的人，但我也需要挣钱。今儿来找你商量商量，你看是你涨涨租金，继续租着，还是我退你一半租金，收回房子？”

这时章羽接过话茬：“赵老板，当时志伟租这房子的时候是签过合同的，既然签了合同，咱就按合同办事。你要收回也可以，违约金你要不要也考虑一下？”

赵胖子没料到半路会杀出个章羽，他眉毛一挑，大声嚷道：“什么合同，我去年搬家时弄丢了。”

章羽说：“没关系，我们有，要不要现在拿出来看看？”

赵胖子看向志伟，强硬地说：“志伟，你给我来这套是吧？我还不信了，咱们走着瞧。”说着赵胖子起身，气鼓鼓地摔门走了。

志伟半天没回过神，章羽一边穿大衣一边说：“你这个房东，看见你挣钱他坐不住了。你把合同找出来收好，我认识一个律师朋友，我咨询他一下。”

房东的意思志伟很久才想明白。志伟只想踏踏实实靠双手赚钱，他向来安分守己，对每一个街坊、顾客都是笑脸相迎，他不知道自己做错了什么。他感谢章羽的拔刀相助，可也不想把事情闹大。一连几天，志伟神情恍惚，等着赵胖子来谈涨租的事儿。他决定了，如果赵胖子执意涨价，他可以让步，大不了每天多打几个火烧嘛。

赵胖子迟迟不见，等来的却是卫生局的执法队。志伟的厨房少了一个清洗池，没有明厨亮灶。卫生局的人开了罚单责令改正。志伟交了罚金，请了施工队，按照要求做好整改。没过几天，消防检查的人又来了，志伟让烟、塞红包，检查人员一概不理。消防不合格，小店又被迫关了。物价局、食药监等监管部门轮流登门，志伟疲于应付这些检查，小店断断续续地开张，钱花了不少，生意一落千丈。

志伟知道，这是赵胖子在背后搞的小动作。他和章羽商量了很久，决定委曲求全。他们拎着烟酒去找赵胖子，赵胖子收起了那股子高傲劲儿，客客气气地跟二人聊天，他留章羽和志伟在家吃饭，酒过三巡，赵胖子扯着大舌头说：“兄弟啊，卫生那次确实是我打的电话，我心里不痛快啊。可是，可是后来我是真的没有再打一个电话，真的。”随后他落寞地说，“我看出来了，这城中村环境整治嚷了这么多年，今儿是要来真的了。我刚建的公寓马上封顶，一旦整改，我就完啦。”

章羽和志伟面面相觑。赵胖子说的都是实话，整改大势轰轰烈烈。定福安庄野蛮生长了几十年，各类安全隐患滋生。这里是两万多外乡人的避风港，可他们并没有爱护自己的港湾。他们沿着街道私搭乱建，他们将生活污水随意倾倒进河里，当他们赚了钱，搬离定福安庄的时候，留下的只剩腐烂和肮脏。

当小店被贴上封条时，志伟的天塌了。这一次，拆违办执法队没有提出整改意见，他们直接贴了条，一同被封的还有附近的几家店铺。赵胖子当年盖这爿房子的时候并没有取得手续，如今处罚来了。

拆火烧店的那天，章羽过来帮忙。铲车、挖掘机、洒水车轰隆隆地开进村里，执法人员撕掉封条，志伟和章羽跟着工作人员走进店里，小店半个多月没有进人，桌子上落满了灰尘。他们把桌椅、炊具、冰柜、吧台搬出店，工作人员一挥手，挖掘机吼叫着喷出黑烟，铲子重重戳进房顶，烟尘四起，洒水车喷出水柱压盖烟尘，在“轰隆”声中，小店变成一堆废墟。

“兄弟，你还没有吃过我做的驴肉火烧吧?”志伟说，“认识这么久了，都没请你吃一口我做的火烧。”处理完那些家具，章羽和志伟来到产业园的一间商场。他们找了一家驴肉火烧店，要了两个火烧，几个小菜，一瓶白酒。火烧很小，肉也不多，价格是志伟卖的三倍，志伟咬了一口火烧，眼泪就在眼眶打起转来。章羽给志伟倒了酒，两个人就着火烧，一杯一杯喝起来。

那天他们都喝多了，说了很多清醒时说不出口的话。第二天早上当他们从床上醒来时，那些时运不济、怀才不遇、壮怀激烈、悲天悯人统统都随着酒精排出了身体。

2018年·春

尾声

过了清明节，北京城从冰冻中渐渐苏醒，恢复生机。定福安庄像一个邋遢的小姑娘经过悉心梳洗装扮后，一下变得神清气爽了。原本的垃圾堆、临建棚消失了，村里的道路宽敞了很多，主街道上保留下来的店面，经过了统一的改建显得井井有条。一爿小苍蝇店被几个口袋公园取代，公园里装上运动器械，几条石子小路交错着，绿油油的小草正在破土而出。河道里的私搭乱建不见了，河水仍有腥味，但与之前比已经有了很大的改善。

一早一晚，天气仍旧很凉，志伟的膝盖总是隐隐作痛，他摩托车上的挡风披挂了半年，看起来脏兮兮的。路过定福安庄村口的时候，志伟总是忍不住望望小公园，以前那里曾坐落着一间小店，在某个时候它是属于志伟的。那间小店是一个磨盘，消磨了他宝贵的两年时间，小店也是一艘船，曾载着他的梦扬起过帆。他本以为，这间小小的店面是他后半生的开始，可是命运却告诉他，所谓的开始还远远未到。

春花陪着子睿在保定读特殊学校，志伟留在北京送外卖。钱总是不够用，他能省则省，拼命工作，舍不得休息一天。单子不多时，外卖员们聚在一起聊天，有了新面孔加入，相熟的伙计总是这样向新人介绍志伟："他也是落难了，以前也是当过老板的。"志伟总是笑笑并不接话。他在心里暗暗发誓：别着急，五年后，我肯定还是老板，这次我要把店开进大商场。

他计算过多次，现在每个月还三千块，两年后他能把债还清，再攒两三年钱就有承包店面的本钱了。送外卖是一件几乎没有成本的工作，只要肯吃苦，收入也不比白领差，可自己不能一辈子送外卖。他还是要开店，要凭着祖传的驴肉火烧手艺在北京生根。

这天，他刚送完单子，章羽的电话打了进来。电话那头声音嘈杂，章羽语气焦急，约他到定福安庄村口见面。志伟知道，章羽那边肯定遇到了急事，他骑上摩托车飞奔过去。

章羽胡须茂密，头发很长，油腻腻的，有一股落魄的味道。他背着一只书包，很吃力地拖着一个大箱子，志伟在他面前停下，章羽直起腰，擦着汗说："没办法了，只能求助你了。"

志伟说："是要搬家吗？"

章羽说："志伟，我决定去安徽找小洛了。他妈的，网约车放我鸽子，火车还有半个小时开。"

志伟从支架上拔出手机，熟练地退了平台。"上车，是西站吧？半个小时够了。"

章羽把行李箱放在摩托车踏板上，志伟只能跷起腿，搭在行李箱上面，章羽坐上摩托车，减震被深深地压了下去。志伟一拧油门，摩托车晃晃悠悠地跑起来。

小洛是渴望在大城市打拼的，如果一切顺利，她将在北京结婚、生子，努力奋斗个十几年，贷款在郊区买一套不太大的房子，有一台十几万的车，组一个幸福的家庭。到时候她还会接父亲过来一起帮衬着带娃，周末一家四口能够到周边区县看看山水，其乐融融。可是，当现实篡改一个人的梦想时，是不会给当事人任何选择的。

小洛父亲住了半个月的ICU，出院后留下了严重的后遗症，从一个一米八二、身强力壮的男子汉到一个干巴巴、面容枯槁的瘦老头，原来只需要一个月的时间和一场疾病。看着羸弱的父亲，小洛的心碎了。她收起自己那刚开头的梦，扯断那份甜美的爱情，她必须回家照顾父亲。

小洛写的稿子还在，小洛用过的水杯还在，小洛的相机还在，小洛的排班表还在，可小洛却永远从报社消失了，仿佛她从没出现过一样。比起爱人的离去，更让章羽痛苦的是对工作热忱的丧失，他学会了洗稿，学会了粘通稿，工作轻松了，可他并不快乐，他始终无法说服自己的内心。

他知道小洛在合肥某个小县城的一家事业单位谋了一份临时工作，等待机会转正后，就找一个门当户对的男人嫁掉，余生一眼望穿。章羽下了一个艰难的决定，既然小洛不能来北京，那么他就去安徽找她。如果小洛的下半生一定要提前写好剧本，他希望剧中的主人公由他来扮演。

摩托车在宽街小巷间穿梭，送外卖就是与时间赛跑，志伟习惯了这样的速度。可这次，他送的不是餐而是他在北京唯一的朋友，这让他的心情变得格外复杂。

“以后还回来不？”志伟的声音被风吹得支离破碎。章羽大声说：“回来，等我们结婚，一定回来看你。”志伟不说话了，专心骑着摩托车。去火车站的路他并不熟悉，只能不断在导航上修改路线。

“几点的火车？”

“还有二十分钟。”

志伟咬了咬牙：“上三环。”小摩托愤怒嘶吼，载着志伟和章羽冲上车流滚滚的高架桥。登高而望，远处高楼错落，身旁车流如织，正午的阳光正在变得热烈，他们风驰电掣，仿佛凌驾于这座城市之上。

“来北京七年了，还是第一次从这个角度看北京城。”志伟说。章羽没听清志伟的话，他沉浸在恢宏的城市景观里，他要离开这座城市了，他并不留恋什么，他只是遗憾。高速上的车子走走停停，遇到高速口就会堵成一片。志伟的小摩托灵活地穿梭于车辆之间。路过一个收费站时，一名交警远远地向志伟挥手。

章羽拍了拍志伟肩膀：“快停车，有交警！”志伟犹豫了一秒，做出了决定：“你坐好了！”他将油门拧到底，小摩托爆发出惊人的豪迈与激昂，章羽感觉整个身体都在随摩托车抖动着，小摩托一往无前，将一辆辆轿车甩在身后。章羽扭过头，一辆警车正鸣着警笛追来。

“志伟，你疯了，快停车。”章羽紧紧搂着志伟的腰。

“不管了!”

“志伟。”

“没事儿，他们追不上来。”

章羽感觉自己快要飞起来了，城市模糊成一片轮廓，亦真亦幻，耳畔的风掩盖了一切，也吹散一切，他们的身体与胯下的摩托仿佛生长出翅膀，摩托正与道路剥离，展翅高飞，获得自由。

月饼事件

穆元

月光如银，细细铺在床上。穆元眼睛干涩，头晕脑涨，睡意像是一条灵动的鱼，在水中忽隐忽现难以捕捉。他起身下床，走到阳台上，微风吹来格外舒畅。他点燃一根烟，望着窗外沉睡的城市思绪万千。“该给刘校送份礼了。”他想，“无论如何，这次自己得做点什么。”

深夜做的决定总是带着冲动，往往一觉醒来就会风雨飘摇，烟消云散。可这次，穆元的决心却无比坚定。闹铃响过两遍，看穆元仍旧没有起床的意思，岳云便知道他昨儿又失眠了。她把早点放在餐桌上，窸窸窣窣地化好了妆。临出门时，不忘叮嘱赖床的穆元记得吃早点。其实穆元早已经醒了，他躺在床上，反复咀嚼着自己的送礼决定。

穆元已经在仁信大学中文学院当了十几年的副教授。前几年评职称，他看之淡然，认为凭着自己的能力，拿到教授职称不过是早晚的事。四十五岁之后，一个个比自己资历浅、年龄小的教师都获得了教授职称，他越发紧张起来。

给刘校送礼的决定并非他一时兴起。私下里，他和历史学院的王教授关系比较近。老王几次示意他，去常务副校长刘敬忠那儿活动一下。可每到评级的关键时期，穆元都难下决心。现在，他已经五十一岁，真的等不起了。

穆元在经史子集里泡了几十年，属于那种“两耳不闻窗外事，一心只教圣贤书”的人。他清楚礼尚往来是中国人根植在骨子里的基因，不是一朝一夕能够改掉的。只是现在送什么礼？怎么送？什么时候送？这些问题得考虑清楚。

心里装着事情，穆元一整天都浑浑噩噩，上课的时候几次出错。不过这一天下来，他倒是理出了些头绪：给刘校送礼，不能送贵重礼品，烟、酒、表、包都是证据，一旦出事容易受到牵连；卡券类都是实名制，更不合适；还得是送现金，最直接，最实际也最稳妥，在一递一接之间，我的就变成了你的，大家心照不宣，事情不留痕迹。

中秋节临近，穆元的计划是给刘校带盒月饼，内夹现金。这招虽然土气，但贵在好用。还有最重要的一点，这件事情不能和岳云说。

岳云也曾多次劝说穆元去和刘校跑跑关系，穆元总是用他的一套“君子喻于义，小人喻于利”的理论来搪塞她。这次自己主动转变思想，以利换义，倒也不是怕妻子嘲笑，他想，等自己真的评上职称的时候向她证明：自己凭借“真才实学”同样能够获得教授职称。

下了课，穆元开车直奔商场。刚出校门，不知道从哪儿窜出一个身影，他眼疾手快，猛打方向盘，总算没有酿成事故。穆元惊魂未定，大口喘着粗气，他本想下车看看情况，可心里惦记着买月饼的事儿。后视镜里，保安从门卫岗走出来，扶起了学生，学生没有大碍，他犹豫了一下，油门一踩，走了。

正值中秋卖场，商场内各类月饼礼盒摆满货架，令人应接不暇。有的月饼看似普通，包装简单，标价却动辄四位数，有的月饼包装精美，礼盒隆重，一看盒面上的介绍，竟然只装了两块月饼。

穆元在月饼的海洋之中溺水，他看见一个店员正在弯腰盘货，像抓到救命稻草一般，快步走过去，清清嗓子问道："你好，请问，五仁月饼在哪儿？"

售货员转过身："现在吃五仁月饼的人越来越少了，我们备货量也不多，您跟我来。"穆元跟着售货员走到角落的一个货台前，上面井然有序地摆放着各类月饼礼盒，货台下面一张卡板上写着小小的两字"五仁"。

服务员问："先生，您是自己吃还是打算送人。"

穆元头也不抬："送人。"

"送家人还是送领导？如果送家人，建议您选这款。这款的味道好，传统手工艺制作，价格也适中。"说着，她提起一盒木质盒装的月饼，"这款送领导最合适不过，包装有质感，大气上档次，领导肯定喜欢。"她又拎起一盒月饼，"这种月饼经济实惠，包装也不错。这家厂商与我们有合作，所以在我们这里，价格只有其他卖场的一半。”

穆元把售货员晾在一边，专心研究起包装盒来。他需要的是那种盒子底部能二次拆封的，看了一会儿，他拎起一款平价月饼说：“我就要这个了。”

五仁月饼，俗气的大红礼盒，198 元。他拎着感觉轻飘飘的，路过茶行，他走进去买了两盒上等铁观音，最后在商场入口处的 ATM 机上取了五万块钱。

这五万块钱虽说不多，却也是他小半年工资。在车上，他把五沓钞票认真地数了两遍，一切准备就绪后，开车直奔刘校所住的小区。

穆元与刘校同事多年，有一次，当时还被大家称作刘老师的刘校做了场小手术，穆元作为工会代表上门慰问。凭着记忆，穆元把车开到了刘校家楼下。

暮色降临，华灯初上，穆元迟迟没有推开车门。他点燃一根烟，听见自己心脏“突突”地不正常地跳动着。后排座椅上放着一个礼盒、两罐茶叶，副驾位上躺着五块五仁月饼。他活了五十年，这是第一次给领导送礼。进门第一句话该怎么说？如果刘校拒绝他该怎么回复？怎么示意给刘校的月饼盒内有“惊喜”？尽管这个场景今天已经在他脑中演练了数次，可真到了图穷匕见的时候，他还是感到不安。

他透过车窗，万家灯火通明。玻璃上映着自己的脸，那是一张饱经沧桑的面孔，现在，他为了一己私利，要出卖这张脸了……

正在出神之际，一个熟悉的身影匆匆走出单元楼。穆元鼓起勇气，推开车门高喊一声："刘校……"

刘敬忠

每年到了评职称的时候，刘敬忠就格外的烦。酒局饭局邀约不断，他拒绝归拒绝，但大家心里明白：我有"进步"的想法，请刘校您照顾照顾。这个时候，面对不同的人，刘敬忠或是拿出装傻充愣的劲头或是摆出一副公事公办的模样。

今年，刘敬忠找到了新的借口："我还有一年多就退休啦，以后就是你们大展拳脚的时候喽。"这句话一出口，邀请的人先是一愣，这明显的话里有话，可是里面的话是什么意思，就得好好揣摩一下了。在这所全国有名的重点学府，没有点城府他怎么能够担任常务副校长这一职务呢。

眼下，又临近年度评职称，刘敬忠和往年一样深居简出。他今年迷上了围棋，一黑一白，起手落子之间洞悉乾坤。这天，吃过晚饭，他那边刚刚摆起棋盘，办公室的电话就打了过来。

几个社会青年与学生打架斗殴，学校保安劝架，结果不知被哪一方抡起的石头打破了头。事情本不是大事儿，可是一些路过的学生拍了短视频发到了网上，"某大学保安保护学生身受重伤"的信息就在互联网上"热"起来了。

随着事件在网上不断发酵，各路论调甚嚣尘上，终于，常务副校长被紧急请回学校坐镇指挥。"现在的学生真是，唉！"他一边穿衣服一边感叹，"我还有一年半就退休了，就不能让我省点心。”刚走出单元楼门，黑暗中，一人叫住了他。

“刘校……这么晚了，您还要出去吗？”

说话的是中文系的穆元教授。“是啊，回学校处理点事情。穆教授您……”穆元是学校教师团队里的标杆，在学生和老师中间口碑极好。不过，穆元恃才傲物，总是摆出一副拒人于千里之外的姿态，学校领导层对他并不看好。

“啊……这不是快过节了，我正好有个朋友他是……”穆元的话被刘敬忠不合时宜响起的电话打断。原来，打架学生的家长看到了网上热传的视频，视频标题五花八门，评论中不乏对这位学生的横加指责。家长护子心切，一路闹到了学校，要求学校删除视频，出面解释。

刘敬忠挂断电话，心里的无名火越烧越旺，他也顾不得客套：“穆教授，本应该请你上门坐坐，可学校那边催得急，改天咱们再谈。”说罢就去开车。穆元紧跟了过来。

“刘校，快过节了，给您带了点东西，我就先放您后备厢吧。”

“穆教授，这不太好。”刘敬忠推辞。

“应该的，应该的。”穆元打开刘敬忠的后备厢，里面已经放了几个礼盒，穆元笨拙地把自己的两件礼物塞了进去。刘敬忠走过来，借着车内灯，隐约看出穆元所送之物，大概几百元的东西。学校那边已经火烧眉毛，他也顾不上跟穆元客套：“穆教授，东西就先放我这儿。改天来我家坐坐，尝尝我家那位做的菜。”穆元没想到刘敬忠这么痛快地就收了礼，他嘿嘿笑着说：“好、好，刘校，您也一定尝尝我带的月饼啊。”

穆元的突然出现让刘敬忠着实有些诧异，除了工作上的事情，他们再无交集。穆元一向清高，应该不会特意过来给自己送这点小礼物的，就算特意过来的，这礼物也没啥诚意。到底是读书人啊，刘敬忠心想，当务之急是学校的事，回头有时间好好琢磨琢磨穆元的意思。

到了学校已是晚上九点多，办公楼灯火通明。刘敬忠慢慢爬上五楼。楼梯口旁边就是会议室，办公室主任和两个副校长正在和学生家长交涉。学生家长颐指气使，仿佛他们的孩子才是真正的受害者一般。

办公室的小张眼尖，瞥见刘敬忠身影，立马抽身过来，他把事情的来龙去脉简明扼要跟刘敬忠说了一遍，刘敬忠眉头拧成了一个疙瘩。这几天，校长孙恩正好去了南方某大学演讲，能够主事儿的只有他这个常务副校长。

“刘校，您还是别进去了。他们看见您肯定更起劲了。”刘敬忠没说话，他见过太多这样的家长了，一副咄咄逼人，死缠烂打的架势，对付他们最好的办法就是闭门不见。小张接着说：“我这就去把李校和王主任请过来。”

卫生间内回荡着汩汩水流声。王主任反锁了门，然后把每一扇小门打开，确定这里没有第四个人后，放心地看向刘敬忠。

负责安保的副校长李富贵抢先开口：“刘校，现在家长要我们召开新闻发布会，解释视频内容；他们还要学校开除柱子。这些无理要求，我们不能答应。”李富贵原是个军人，文化水平不高，脾气火爆。

刘敬忠没有说话，转头望着办公室主任王新。王新憋了一会儿，见实在躲不过，只能缓缓地说：“这几个家长确实过分。但是这个事情处理不好，最终影响的还是咱们学校的声誉，我觉得需要慎重考虑。”

刘敬忠开门见山：“行了，就说说你是怎么想的。”

王新看了一眼李富贵：“我觉得家长的要求，我们得尽量满足。”李富贵从鼻孔挤出了一丝轻蔑的气息。刘敬忠没有说话，他思忖片刻，拿出手机拨通了孙校电话。孙恩早已经得到了学校这边的消息，他一直在等刘敬忠这通电话。

刘敬忠说：“孙校，这事儿还得您给定个调。”电话那头沉默了一会儿，孙恩喑哑的声音传来：“惭愧啊，现在学校有事，我却在外面飘着不能到场。敬忠，现在咱们学校的声誉就靠你了，无论你做什么决定，我都无条件支持。”

孙恩把这颗烫山芋完完整整递给了刘敬忠。尽管心中暗骂，可这个时候，刘敬忠也是有苦说不出，谁叫你是常务副校长呢。挂了电话，刘敬忠说：“这两天，咱们手上的其他工作先放一放。李校长，你和网信办的赵主任是老战友了，辛苦你跑一趟网信办，务必把网上的那些乱七八糟的东西删干净了。”刘敬忠转向王新，“王主任，你马上拟一个申请，给区委办批了，让李校带上。另外，你一定安抚好家属，有什么条件可以谈，慢慢谈，好好谈。”

李富贵抢过话头：“我得先去看看柱子，柱子好样的。咱不能让孩子寒了心。”刘敬忠尽量压着火气，他轻轻揉着太阳穴，闷声闷气地说：“李校长，现在网上的东西传太快了，时间不等人啊，你先去网信办那边吧。明天一早，我代你去医院看望张海柱。”

回到办公室，刘敬忠越想越窝火，可是这火又不知道谁引起来的。小张进来送热水，刘敬忠喊住他：“小张，明天一早和我去一趟医院。”小张说：“好的，那我去安排车。”刘敬忠摆摆手：“开我车吧，公车进医院，太扎眼了。”

岳云

岳云回到家，清锅冷灶，屋里处处透着寒意。她在沙发上坐了一会儿，腰部传来阵阵隐痛。这一天，她接了二十个患者，感觉骨头都快散架了。

穆元还未到家，估计又在学校吃了。岳云煮了一包方便面，味道千年不变，她吃了一半便放下了筷子，打开电视，胡乱翻着节目。

穆元就是在这时候推门进来的。餐桌上，半碗面还微微冒着热气，穆元坐到桌前，端起碗吸溜吸溜地吃起来。

“怎么又吃泡面？”穆元含糊着问。

岳云说：“以为你在学校吃了，我就随便对付一口。”

穆元放下碗，抹了抹嘴，眉眼间流露着愉快的神色。结婚二十多年，两个人早过成了一个人，岳云一眼看出穆元心里装着事儿。她故意不问，看着穆元洗碗、洗澡，然后走进书房。

岳云跟进书房。穆元趴在桌前写教案，岳云试探着问："你今天怎么了？"穆元抬起头，笑盈盈地望着岳云，这笑容中分明掺杂着一些得意。

"没，没什么！"

"真的？"

"真的！"

穆元不愿意说，岳云也不好再继续追问。"对了，今天你们学校有一个保安住院了，是我接的，叫张什么柱！"岳云岔开话题，顺势坐在穆元身边。

穆元想了想说："是张海柱吧，那小伙子不错。他怎么了？"

"好像是因为和学生打架，有点轻微脑震荡。"

"太不像话了，怎么能和学生起冲突呢！"穆元气愤地说。

"我也只是听说，几个保安，七嘴八舌也说不清楚。"

穆元叹了口气，还想说些什么，可最后却什么也没说出口。

岳云是区第一人民医院住院部的护士长，不论区委书记还是平民百姓，只要住进了区医院，就归岳云来管。很多人住院总是想着跟医生搞好关系，于是托人送礼，只为医生给病人多些照顾，殊不知，住院时，医生一天只是巡诊几次，病人二十四小时都需要和护士打交道，真的惹恼了护士，遭罪的还是病床上的人。

在护士站待了二十多年，病房里的人生百态岳云司空见惯。有的病人每天都有各种人来探望，礼品堆满床柜，大家一片祥和，祝福之词令人反胃，不用说，这病人肯定非富即贵。有的病人床前空空，家里条件好的雇个护工，端水打饭还有个照料，家属在病房互相指责甚至拳脚相向的也大有人在。病房就是一面镜子，人情世故，世间冷暖照得清清楚楚。

中午时分，岳云刚吃完饭，远远地看见两名值班护士凑在一起前嘀嘀咕咕，她上前问道："有什么情况?"

护士小孟凑过来，小声说道："护士长，您说奇怪不？一上午来了两拨人，都来看1101房的那个张海柱，而且都是大包小包的。看起来，他也不像什么有身份的人啊。"

"是吗?"岳云皱起眉头。

"对啊。"小孟一脸认真，"现在还有人在病房呢。"

岳云感觉不踏实，犹豫了一下，快步朝1101病房走去。透过窗子，她赫然看见病房中央架着一台相机，她的头"嗡"一下大了，大力推开房门。"这是医院，不能拍摄，请你们出去。"岳云一边说，一边挡在镜头前。

一个戴眼镜的姑娘过来拉岳云的手，一个红包就传到岳云手中。"护士姐姐，我们是记者，这是咱们延平区救人的英雄，我们采访一下，马上就好。"

岳云把红包塞回女人的口袋："我们要对病人负责的，他现在身体不方便，也不能接受采访。"此刻，两名值班护士也跟了过来，她们一起把记者请出了病房。

岳云黑着脸问小孟："你们怎么回事，记者进来了都不知道。"

小孟委屈地说："没看到他们带着相机，我们以为是家属。"

"没看见？这要是出了事儿怎么办！"

病床上的张海柱坐起来："不好意思，给你们添麻烦了。"

岳云看了眼张海柱，她朝小孟摆摆手，两名护士逃似的退出了病房。岳云走到床前，此时张海柱一头汗，脸色难看，岳云从口袋里掏出纸巾递给张海柱。

"你这……"岳云本想批评张海柱几句，一想到他和穆元也算得上是同事，于是语气缓和下来，"怎么还把记者招来了？"

张海柱紧张地说："我，我也说不清楚。"

岳云说："以后再有这样的事情，你就拉呼叫器，由我们来解决。"张海柱不住点头："好，好，谢谢你。"

张海柱二十出头，和岳云的孩子差不多同龄。她检查了一下张海柱头上包扎的地方，问："今天医生怎么说？"

张海柱说："大夫说再观察两天，没什么问题就可以出院了。"

岳云拿出教育儿子的架势："以后可不能冲动了，打架，这要真伤了大脑，以后怎么办……"

和张海柱那次聊天，岳云本没有特别在意，她更生气的是值班护士将记者放进病房的事儿。对于媒体采访，医院有着一套严格的规定：如果是官方媒体，医院宣传科会统一安排采访。那些溜进病房的所谓媒体，多半是一些自媒体或是小报记者，这些人几乎没有职业素养，只要能吸引流量，什么事儿都敢写。医院曾三令五申：非邀请的记者，禁止进入医院采访。那天下午，岳云狠狠地批评了两名当班护士并让她们写了检查。

张海柱就这样引起了岳云的注意，每次跟着医生巡诊时，她总是跟张海柱多聊几句。第三天，岳云刚进住院部，远远看见穿戴一新的张海柱笔直地坐在自己办公室门前，她想起来，今天是张海柱出院的日子。走到张海柱身边，岳云略带严肃地说："出院了，以后不能打架了啊。"张海柱咧开嘴不好意思地笑了。

他站起身，把手中的东西递过来："岳阿姨，中秋节到了，这个送给您。"

张海柱

张海柱属于那种典型的一根筋的人，他做事认真，待人真诚，谁对他好，他就一定翻着倍地回报给人家。在部队时，有一次拉练，战友李刚替他出头，跟别的连队干了一架。事后张海柱就把李刚当成了亲兄弟，玩儿了命地对他好，帮他洗衣服、做值日、执勤……张海柱过分的热情反而让李刚感到不适，总是想方设法躲开他。

退伍以后，张海柱不想回乡下老家，李刚念及战友情分，把他介绍给了老爹，也就是李富贵。进了仁信大学保安队，张海柱倒也算争气，有责任心，干活儿利索，在同事间口碑不错，很受李富贵器重。

出事儿那天本是小赵的班，可是小赵跟女朋友闹分手，仗义的张海柱自然替小赵值了班。一天无事，眼看着到了交班的时候，一辆汽车火急火燎地从学校里冲出来，恰好从校门一侧窜出一名学生，汽车发出一声尖锐的急刹车声，学生险些被撞。张海柱跑出岗亭，眼看着轿车扬长而去，虽没有看清车牌，但他确定，车子肯定是学校某个老师的。

张海柱把那名摔倒的学生扶起来，这时候，身后涌过来几个小混混。在仁信也干了一年多保安，街上的小混混张海柱能一眼认出。最明显的，混混的年龄普遍比学生小，一般大学生都在二十岁左右，而二十岁的混混早就退隐江湖，开始琢磨搞钱了，只有那些刚从中学退学的十六七岁的孩子，才会在大街上聚众闹事。

看着眼前这帮张牙舞爪的小嫩芽子，张海柱心里挺不爽的。爹妈把他们送进学校，不努力读书也就算了，整天大街上喝酒打架混日子。他张海柱家里要是有钱供他读书，也不至于沦到当保安的田地。

小混混来势汹汹，一副要把学生撕碎的架势，张海柱挡在那名学生前面。混混们仗着人多一哄而上，也不知是谁，反正混乱间，张海柱感觉耳边“砰”的一声，随之身体失去平衡，一头栽倒在地。

小混混见错打成了保安，瞬间作鸟兽散，那名大学生喊了几声，见地上的张海柱一动不动，干脆也跑了个没影，一群学生围在张海柱身边，叽叽喳喳嚷了半天，就是没有一个人上前搭把手，最后还是几个保安从监控上看到了校门口的状况，叫了救护车把张海柱送到了医院。

这是张海柱长这么大第一次负伤，医生给他包扎好伤口。可他感觉耳朵里总回荡着倒地时的那种沉闷的回声。他问医生："我脑袋里不会扎进了骨头渣了吧。"看着自己全身是血，张海柱又问："我的血还有吗？流了这么多，不会缺血吧！"

实习医生在一旁悄悄地笑，老医生站起身，双手捂住张海柱的耳朵大声问："现在我说话能听见不？"张海柱认真地点点头。医生又问"还有耳鸣吗？"张海柱又认真地点点头。医生在处方笺上写下诊断，撕下检查单，对张海柱说："先去拍个片子吧，不行就住院。"

两个小时后，张海柱的检查结果出来了——轻微脑震荡。这本不是什么大病，摔一跤也能摔出脑震荡。可电话那头，李富贵大声嚷着："让柱子住院，好好治，别的事儿我来解决。"

在医院的第一晚，张海柱睡得特别踏实。第二天一早，头上的伤口传来了细微的痒，他知道那是伤口在愈合了。虽然不用上班，但张海柱仍旧7点起床，洗脸、刷牙。他正准备出去打饭，常务副校长刘敬忠推门进来。

张海柱只是在全校的工作会上见过几次刘敬忠，他矮矮胖胖的，没有什么架子，见到老师或同学总是笑眯眯的。刘校一进病房便热情地握住张海柱的手："怎么样了？头还疼不疼？我代表学校来慰问你。"

张海柱支支吾吾："不，不疼了，首长好，我没事儿。"

刘敬忠把张海柱摁坐到床上，轻轻拍了拍他的肩膀："好样的，你是好样的，保护学生嘛。你就放心养病，学校负责你的医药费用。”这突如其来的关爱令张海柱感动不已，他不知道说些什么，只能不住点头。

“小张，把东西拿过来。”小张拎着一盒月饼一盒补品走过来，刘敬忠把两个礼盒郑重地放在床头柜边，“这是我个人给你带的一点礼品，祝你早日康复。”

“首长，您对我太好了，我，我以后一定好好干，给学校站好岗。”

刘敬忠笑了笑：“柱子，你的事儿呢，学校会妥善解决的。但有一件事，你得答应我。”刘校顿了顿，小声说道，“昨天的事情，可不能再跟别人说了。”面对刘校长热烈的目光，张海柱坚定地点点头。

刘敬忠的到来给张海柱打了一剂强心针。刘敬忠不仅来探望他，还送他一份铁皮石斛、一份月饼当作礼物，自己一个小保安，竟然能够得到常务副校长的亲自关照，这是一件多么荣幸的事情啊。他暗下决心，一定好好工作，为常务副校长做任何事儿。

他正沉浸在自己的臆想中，两个陌生人推门进来。“你是仁信大学的张海柱吧？”戴着眼镜，文质彬彬的女人问。在得到张海柱肯定答复后，女人快步走到床前，身后的小伙子立马架起了相机。

“我们是记者，你能把昨天打架的事儿跟我们说说吗？”

张海柱看着黑漆漆的镜头有些头晕，他想起了刘校长的嘱咐，摇了摇头。女人从兜里摸出一个红包，塞到张海柱手上。“这是我们的一点心意，出院了你买点补品。”张海柱下意识地拒绝，女人一把握住张海柱的手，“收下吧，就当帮姐姐个忙，跟姐说说昨儿的情况。”

二十三岁的张海柱第一次被一个女人握住手。女人手上的温度传递过来，女人身上的香气让他头脑发热，他的心脏仿佛要跳出胸口，他想拒绝可怎么也开不了口。

女人看他犹豫，转过头给摆弄相机的小伙子使了一个眼色，小伙子从兜里掏出两张红色大钞，女人接过来，连同之前的红包一同塞到张海柱手中。

张海柱头上沁出了汗珠，就在他们拉扯间，护士长推门进来了。护士长和两个人的对话，张海柱一句没听清，等他冷静下来时，两个记者已经走了。护士长帮张海柱解了围，这让张海柱十分感激。

护士长说：“以后不要冲动，不管什么原因，打架总归是不对的。”

护士长说：“流了不少血，多吃点肝脏类的食物，山楂、黑豆也不错。”

护士长说：“以后有事儿就按铃。”

一上午，张海柱的情绪仿佛在坐过山车。现在，这过山车平稳到站了，护士长的关心让他感到无比温暖。他托同事买了猪肝、山楂片。哪怕自己伤口发痒、去饭堂吃饭这样的事儿，他也要摁铃向护士报告……护士们被他的行为搞得哭笑不得。每一次，护士长来查房的时候，他总是正襟危坐，对她说的每一句话都言听计从。

护士长帮了他，护士长关心他。他难过的是，自己没有办法帮护士长做些什么。出院那天，张海柱早早办完了手续，在护士长的办公室门前等了很久。他走进护士长办公室，放下月饼和铁皮石斛，像一个做了错事的孩子，飞快地逃离了护士长的办公室。

其实，躺在病床上的时候，张海柱很多次想拆开月饼，尝一尝味道，每一次他都强忍住了自己的欲望。

这是他唯一能够拿得出手的礼品，他要把它送给护士长。

穆元

在评级结果出来前，穆元信心满满，这种等待是甜蜜的。有一次他在食堂遇到刘敬忠，闲聊时，穆元特地问了问："刘校，上次送您的月饼，不知道合不合您的口味？"

刘敬忠笑着说："哎呀，怪我，一直想请你上家里坐一坐，一直忙，等过了这段时间，我们一起好好聊聊。"刘敬忠面带春风，穆元从刘敬忠的笑容里看到了自己的美好前程。

结果公布那天，穆元故意晚一些来到学校。他本以为所熟识的老师会向他送上恭喜之词，但是，同样的场景再一次上演了：同事们不尴不尬地打了招呼，没有人提评职称的事情。

从校门口到公告栏的这段路，他从四十岁走到了五十岁，这场面他已经看过数次，他的心一截一截沉下去。公告栏前围着一群老师，大家的脸上都挂着一副同样的面具，恭贺或是谦虚都显得那么虚伪。穆元从头到尾一个一个看下去，没有在名单上找到自己的名字。

先是一股落寞涌上心头，这份落寞很快又变成了气愤。他想去找刘敬忠问个明白，可残存的理智让他打消了这个念头。他在工位呆坐了一会儿，终于，他向办公室请了假。

现在，他什么也不想干，他只想回家。

不管人活到了多大年纪，家永远是最后的疗伤之地，有家就能够治愈所有的失落与难过，有家就能够平息所有的得意与忘形。

岳云推开家门，一股浓烈的烟味窜进鼻子。她打开灯，赫然看到沙发上呆坐着的穆元，这把她吓得不轻。

“你怎么了，也不开灯？”

穆元抬起头，脸上挤出一个苦笑。他不知道怎么跟妻子解释，只能用一个更长的沉默去代替上一个沉默。看穆元的沮丧的神情，岳云心中猜出了大概。她故意扯开话题。

“我带回了一盒月饼，你尝尝，五仁的！”

“哦，怎么想起买月饼？”

“一个病人送的，科里的小姑娘不吃，搁到现在都没拆，我就带回来了。对了，那个病人你还认识。”

“谁？”

“张海柱。”

“哦。”

“这孩子是不是挺有背景的，你们校领导还去看过他。”

“我不太清楚。”

“挺好的孩子。”岳云拎着东西去厨房，“我给你拿一块月饼？”

穆元的目光被那熟悉的礼盒吸引。

“你说我们校领导，是谁？”

“什么？”

穆元起身快步走到岳云身边，一把抢过礼盒，把月饼统统倒出来，月饼散落一地，月饼中间，有五沓人民币整整齐齐。岳云瞪大了眼睛，穆元抱着头蹲下去，过了一会儿，他终于狂放地大笑了起来。

幸福大街上的少女

1　诗人

苏小小的故事，得从十五年前的那个晚上说起。

十五年前，光明中学还是延城的最高学府。学校只在周日休息半天，这个规定自建校之日起已经执行了几十年。来之不易的半天，大部分学生会选择狠狠补觉或钻进网吧打上一下午游戏。而老师却没有休息的机会，放假时他们得值班。

这个周日，高一甲班班主任老朱下班后自斟自饮了点儿小酒，躺在床上竟然失眠了。他看了看表，十点半，每天这个点儿晚自习还没有结束。他披上衣服，打算再去校园里转一圈。

学校教学楼旁边有一片小树林，谈恋爱的少男少女总是趁着夜黑风高钻进来约会。由此，保卫科多了一项任务：晚自习后，集体进小树林棒打鸳鸯。

小树林又变成了小树林。

不凑巧的是，这天晚上老朱路过小树林时，还是听见了一些不可描述的声音。以老朱的脾气，遇见这种事，他最多咳嗽两声给树林里的学生提个醒算了，那天他偏偏喝了点儿，这让他的行为明显有些反常。

他悄悄摸进小树林，大喝一声：干什么呢？在手电的光柱中，两个身影慌忙扯起校服。老朱没有保安大哥经验丰富，这时候他应该快步上前，人赃俱获，但他却厉声问道：哪个班的？

男生一听知道来人并没有认出自己，于是转身往树林深处跑去，女生略微迟疑，被老朱几步追上，一把抓住了手腕。女生说："老师，放了我吧。"老朱一听，头"嗡"一声大了：这女生，是他班上的苏小小。

人如其名在苏小小身上是个否命题。

十六岁，她分明已经出落得身材高挑、曲线玲珑，只不过这好身材始终裹在宽大的校服里。苏小小的美丽，最早是被幸福街上的小混混们发现的，他们骑着摩托车三五成群地守在苏小小回家的必经之路上。

当苏小小过来时，他们便不断摆弄自己的头发，吹着响亮的口哨，以求苏小小的目光能够落到自己身上。苏小小从不正眼看这些小痞子，她是个读顾城和卡夫卡的姑娘，如果说，她甘愿把自己的情感和身体奉献给一个人的话，那个人一定是愿意为她写一千首诗歌的男人。

文艺女青年苏小小在光明中学高一甲班担任语文课代表。她读了太多的书，精神世界太过丰富，而生活又把她紧紧锁在这狭小的班级中。在她看来，班里的同学是一群只盯着成绩和食物的俗物，她和他们交流说笑，但是打心眼里，她看不上这些人。

直到那天她看到了诗人的大作。

诗人姓甚名谁是无所谓的，他写诗，所以就叫诗人。诗人其貌不扬，成绩不扬，家境不扬。他不爱说话，高一第一学期过完了，很多人甚至不知道诗人的名字。

那天苏小小抱着收来的作业，怎么数都少了一份，她高声询问："还有谁没交作业？"诗人的同桌阴阳怪气地说：诗人没交！

在哄堂大笑声中，苏小小红着脸走到诗人桌前，在桌上那堆书中搜索着。就在这时候，苏小小翻到了诗人的诗。这首诗写在一张揉得皱巴巴的面巾纸上。苏小小觉得挺有意思，她把面巾纸摊开，认真咀嚼起那几行句子。诗人走进教室，本应该一把夺过来他的大作，可是他不仅贫穷而且懦弱，他只是站在苏小小身后，神情紧张。

此刻，苏小小已在诗句中沉沦，她的心"扑通扑通"乱跳着，眼里散发出兴奋的光，她终于明白为什么别人戏谑地叫他"诗人"了。

他是真的诗人。她觉得在这群人中，只有她能读懂诗人的诗，读懂诗人的精神境界，要是诗人也能懂她的情感和寂寞就好了。苏小小盯着那张面巾纸看了太久，诗人受不了了，他咳嗽了一声，苏小小转过身，还没有看到诗人的眼睛，自己的脸先红了。她放下面巾纸，拿起诗人的作业落荒而逃。

这是一个美好的开头，故事也是按照既定套路开展的。苏小小和诗人一起讨论拜伦、穆旦、泰戈尔，他们一起写深情款款的句子，每次诗人写出的诗歌，总让苏小小惊叹不已。

崇拜容易让人迷失。尤其是一个十六岁的文艺女青年。终于在一个周末，诗人拉着苏小小走进了小树林。也是在那天晚上，酒后的老朱抓到了苏小小的手腕。

老朱果真没有声张。这种事情发生在他的班上是种耻辱，他打算自己解决，可是苏小小坚决不告诉老朱逃走的那个男生是谁。

诗人在班里太不显眼了，假如他在老朱的课上回答过几次问题，或是多参加几次班级活动，可能老朱能从他的背影中识别身份。不过老朱是一名教学经验丰富的人民教师，他确定那个男生是自己班上的，并且有办法把男生揪出来。

周一，苏小小面不改色地去上课，面对老朱严厉的目光，她仍旧迎面冲上去，不躲不避，老朱讲着课，心里却琢磨着：苏小小这丫头，不简单。

整整一周，诗人一直躲着苏小小。诗人突然变得开朗起来，和周围的一些女生聊天，和男生开玩笑，他想用这种掩耳盗铃的方式躲过老朱的追查。

周五最后一节是班会课，在老朱插科打诨中，四十五分钟很快过去，压着下课铃，老朱咳嗽几声后一脸严肃地说：上周还有一件事情，我一直没有处理。班里顿时寂静下来。诗人的心脏快跳出胸腔，他一直在等着这一刻。他把头埋地很低，脸一直红到了耳根。他害怕老朱的处分，害怕同学的嘲笑，更怕父母伤心，他像一个死刑将至的囚犯，静静地趴在桌上，祈祷着奇迹降临。

现在整个教室的人都盯着老朱，老朱故意停顿了一下，环视这五十几名少男少女，苏小小仍旧昂着头，一脸漠然地看着他。

“好吧，我给你最后的机会，下了晚自习，自己去找我。”说完老朱下课，教室里的学生们交头接耳，不知道老朱这莫名其妙的话语是什么意思。苏小小知道，但她不愿跟任何人说这事儿；诗人知道，但他不敢和任何人说。

如果老朱讲话的时候，诗人勇敢地抬起头，他就会发现老朱的目光始终在班里搜寻着。其实老朱并不确定是谁，可是诗人低着头，他想象到了从讲台射来的灼灼目光。

晚自习时，苏小小想跟诗人沟通一下，最起码她得知道诗人的想法。可诗人趴在课桌上，睡了整整三节晚自习。苏小小不死心，最后一个课间，她走到诗人身边，站了整整十分钟。诗人始终保持一个姿势趴在桌上，苏小小静静在他身边站着，直到上课铃响起。

苏小小很难过，但是她的难过是埋藏在心里的，哪怕一颗心都被绞碎了，她也依旧不会流露出来，这是读过的那些书给苏小小的馈赠。

第二天，老朱把苏小小叫到办公室。老朱先是胡乱问了苏小小一些学习上的问题，等到办公室的其他老师都离开后，他把脸拉了下来。

“你们的事情，他都跟我讲了。”苏小小盯着老朱桌上的一本小说——卡夫卡的《城堡》，不知道哪个课上偷看课外书的学生被老朱抓到了。老朱等了一会儿，见苏小小不说话，他强压住火气语气尽量平和：“回去跟你爸妈说一下，你转学吧！”

苏小小疑惑地盯着老朱。老朱一脸铁青：“我不会跟别人说这事儿的。”苏小小摇了摇头说：“我不转学！”她这句话声音不大，语气中却透着坚决。

老朱腾地从椅子上站起来，他很生气，但他不想骂人，尤其是不想骂苏小小。他圆圆的眼睛死死瞪着苏小小，苏小小也盯着他，他们的目光就这样僵持着、对抗着。最后老朱妥协了。苏小小同意调到乙班。

换班的那一天，苏小小特意打扮了一下，她的打扮其实就是夹了一个发卡，脸上擦了点了护肤水。她还是希望诗人能看到自己的美丽。诗人是个胆小鬼啊，他背叛了、诋毁了、污蔑了苏小小，可是苏小小不恨他，她只是可怜诗人。

苏小小跑了三趟，把自己的东西从三楼搬到四楼。她还没有搬完，上课铃声就响了，她就在甲班和乙班一百多名学生的目光中，从一个教室搬出，又搬进另一个教室。

她在陌生的教室坐定时，身上汗涔涔的，很多目光向她身上投过来，又是一帮无知的俗物。可是如果身边的人都是俗物，她自己又是什么呢？

她听不到讲台上老师的讲话，听不到身后同学的叽叽喳喳，她感到寒冷，她感到疲惫，她想有个人跟她说说话，她还想了很多事，美好的、羞涩的、刺激的、浪漫的事。

2　岳亮

其实，苏小小和岳亮早就认识，毕竟二人都在幸福街上长大。苏小小是好孩子，而岳亮是小混混。小混混岳亮曾经看不惯苏小小这样的好孩子，他喜欢那种热情似火的能一起喝酒一起吹牛的姑娘。

当时岳亮已经称霸幸福街，不过他还是希望能混上一张光明中学的毕业证。他每天要做的事就是清点一下小兄弟们交上来的保护费，在网吧通宵打游戏或是带着兄弟们出去给人平事，在幸福街烦了，就回光明中学露个面。

那天他正在楼道抽烟，整座教学楼空空荡荡，苏小小搬着课桌从他身边走过，岳亮瞥到了苏小小的发卡以及她略微苍白的脸，那一刻，他的世界静止了。苏小小真的好美。

这种安静的美丽是他活了十七年第一次体会到的，就像春天里的第一抹微风，夏天里第一口冰激凌，秋天的第一片红叶，冬天的第一片落雪。这美丽让他快乐，让他窒息，让他魂不守舍。

放学的时候，苏小小发现小混混岳亮一直不紧不慢跟着自己，在一个路口，苏小小突然停下车子。岳亮猝不及防，从她身边冲了过去。苏小小重新坐到车座上，岳亮的摩托又折了回来。

“苏小小，以后别这样急刹，懂不懂?”岳亮粗声粗气地说。街上的小混混们惊讶地看着大哥岳亮慢悠悠地护送着苏小小回家，他们屁颠颠地过来跟岳亮打招呼，岳亮生气地说：“走开，我有事儿！”

岳亮和苏小小一前一后走了十多天，终于岳亮突然拦住了苏小小。“苏小小，我写了一首诗。”岳亮递过来一张皱巴巴的纸。苏小小没有接，岳亮急了：“你看看啊，老子写了半天嘞！”苏小小拿过那张纸，岳亮的字歪歪扭扭地爬在格子中。是汪国真的《假如你不够快乐》。

苏小小故意问：“这是你写的？”

岳亮犹豫了一下：“这诗怎么样？”

看着岳亮的窘态，苏小小不依不饶：“真是你写的？”

岳亮挠了挠头，嘟囔着：“我抄的，怎么啦？”岳亮一把抢过诗，认真地看着。

“字太丑了！”

岳亮不满地嚷着：“这还丑？老子一笔一画写的！”

“就是丑，跟汪国真比，差远了！”

岳亮推着摩托几步追上苏小小说：“苏小小，以后我要每天给你写一首诗！”那天以后，岳亮果然每天给苏小小誊写一首汪国真的诗，字还是那么丑。可苏小小喜欢。

没有鲜花，没有表白。一切都是自然而然的事情，苏小小成了岳亮的女朋友。岳亮第一次牵苏小小的手是在一张台球桌前，他在教苏小小击球，岳亮握住苏小小的手，身体紧紧贴着她，全神贯注地盯着白球，出杆、进洞，一气呵成。

岳亮带苏小小看《流星花园》，带苏小小去和他的兄弟们聚会、打网络游戏。岳亮觉得做这些事情很爽很开心，他希望他的姑娘也能开心。苏小小不喜欢聚会，她也讨厌网吧里的烟味。可是岳亮喜欢，岳亮喜欢就好。她偶尔还会写诗，她写了诗会拿给岳亮看，岳亮评价不来，他只会工工整整地誊写下来，再交还给苏小小。

岳亮常骑着摩托载着苏小小招摇过市，苏小小的长发随风飘舞。她不像其他坐在摩托后面的女生一样紧紧贴在骑手身上，她总是双手搂着岳亮的腰，身子坐得笔挺，风噗噗地打在脸上，打在眼睛里，任凭泪水流出来她也不去擦，她说：他们随时会翻车死掉，如果死了，为自己流点眼泪，也算没有白活。

那几年，幸福街上的姑娘们发疯地嫉妒苏小小，她们嫉妒的方式就是不遗余力地模仿苏小小。模仿她的笑态，模仿她的穿着，模仿她在摩托上的坐姿。

那几年，幸福街上的小伙子们始终偷偷关注着苏小小，关注她的笑态关注她的穿着，他们在数落自己女朋友的时候，总是会以“人家苏小小……”这样的句式作为开头。他们做梦都想着载着苏小小，在幸福街上兜兜风，那是何等的光荣。

幸福街成就了苏小小；幸福街也毁了苏小小。

每次其他老师谈起苏小小，老朱都是痛惜地摇头：“挺好的一个学生，毁了！”这是老朱对苏小小的唯一评价。可是老朱知道，苏小小所谓的“堕落”并不完全因为岳亮。

有几次他想约苏小小谈谈，可是后来还是算了。老朱总会想起苏小小那双眼睛，那双坚定而清澈的眼睛里是一汪深不可测的水。这让他感到害怕。

当岳亮纵横幸福街的时候，《谢文东》撑起了年轻人的精神世界。延城里那些官员、商人的孩子同样崇拜谢文东，他们发现：延城的江湖其实在幸福街上，于是他们聚到了岳亮身边。

在幸福街，与岳亮齐名的是李少。李少的爸爸是李局，妈妈是王总，李少跟岳亮本不是一路人，但在幸福街上，他们惺惺相惜。李少欣赏岳亮的孔武和领导才能，岳亮欣赏李少的豪爽与仗义疏财。

在某一段时间内，幸福街上的岳亮与李少仿佛就是现实版的陈浩南与山鸡，很多小混混都信心满满地认为，用不了几年，大哥岳亮和李少能够一统延城。

如果不是岳亮的惨死，他们真的能够造就更绚烂的传说。

岳亮死得很突然，直到现在很多人也不明白，为什么岳亮会去找一个卖菜小贩的麻烦。

那天，岳亮看到蹲在街头抽烟的小贩时眼睛红了，他回头对苏小小说：我要杀了这个人。

她本以为岳亮下半辈子要在监狱中度过了，但她没有想到的是，打遍幸福街无敌手的大哥岳亮第一次杀人的时候竟然失手了。

岳亮太过年轻，他对生活还有留恋，所以在下杀手的瞬间，他犹豫了。拼命和打架根本就是两回事儿，岳亮在生命的最后终于明白了这个道理。

十几年前，在幸福街上，那个小贩误杀了岳亮的老子；十几年后，还是在幸福街上，还是这个小贩挥刀砍杀了他的儿子岳亮。

岳亮倒下了，他躺在脏兮兮的街道上，像条死狗一般。他的周身很快围起了一大圈人。人群自动给苏小小让出一条通道，通道尽头是她的男人。

岳亮的血淌进苏小小的眼睛里，她停下来揉了揉干涩的眼睛。她要把岳亮送回家，他是幸福街的老大，不能睡在脏兮兮的街道上。那天的阳光很刺眼，苏小小背着岳亮走在前面，几十个混混跟在后面。街道两边站满了幸福街的居民，整条幸福街鸦雀无声，苏小小的沉重的脚步声和呼呼的喘息声在幸福街经久回荡。

岳亮死后不久，一群城郊混混开进了幸福街，李少带领着幸福街的小伙子们艰难地抵抗，混战不断发生，幸福街上充满了暴力与混乱。每次斗殴过后，幸福街的居民们都会感叹："好久没有看到苏小小了。"

其实，他们是开始怀念岳亮了。

3　李少

苏小小再次出现在幸福街的时候，已经是十年以后了。

她画着淡妆，身穿着一袭茶色风衣，乌黑的长发随风飘起。她昂首走过幸福街，两旁商铺里的人纷纷放下手中的活儿，远远望着幸福街上最漂亮的女人。

没有人关心苏小小这些年去了哪里，经历了什么，他们只是觉得，苏小小变了。

十年，不只苏小小，一起变化的还有延城。

一座座商品楼拔地而起，南方的老板和农民工涌进城来，网吧变成了网咖，台球厅一家一家消失，曾经的混混们要么成为老板，要么成家安心过日子，更多的则是进了监狱。

幸福街上的小江湖波澜不惊，水底暗流涌动。

这一年，苏小小在延城开了第一家咖啡厅。

咖啡厅的装潢颇具小资风格，前厅漫不经心地散着一组组实木桌椅，老式留声机里滚着黑胶唱片，墙上的水墨画和摇滚海报交织却没有不和谐的感觉。

真正来喝咖啡的客人不多。让苏小小咖啡厅声名远扬的是咖啡厅里四个漂亮南方姑娘。

在咖啡厅后面，有四间卧室，两间中式装修，两间西式装修，每一间屋子的装修风格都不同，唯一相同的是，四间屋子都有书架，书架上摆满了书。

这些书都是苏小小带回来的，四个书架上千本书，每一本苏小小都读过。只不过，现在这些书已经单纯地成为装饰品，它们静静地躺在书架上。

一般人来只是喝杯咖啡，只有那些有头有脸出得起价钱的人才能邀请一位姑娘进入后厅的房间。

在延城，“去苏小小那儿喝过咖啡”成为男人吹嘘的资本，很多小伙子把喝全四杯咖啡作为自己毕生的奋斗目标。

老板娘苏小小很少出现在咖啡厅，偶尔过来，也是靠在窗前捧着一杯白开水，望着幸福街发呆。她早已不再写诗，也不会想入非非，她试着养过一只猫，养了三个月便送给别人，她结识了很多新朋友，赚了很多很多钱，可她并不快乐。

过去几年，苏小小去过很多地方，见过了很多人，做过各种各样的工作，后来她在深圳这样一家咖啡屋稳定下来，直到遇见了李少。

李少当时是延城最大的地产公司副总，到深圳谈一个合作，供应商尽地主之谊，带着他去咖啡屋放松。在那家咖啡屋里，李少发现了一个用拇指和食指拿烟，用无名指敲烟灰的女人。在他的记忆里，还有一个人也这样子抽烟，他们的动作、节奏、姿态一模一样，那个人就是岳亮。

他打量着那个化着浓妆的女人，苏小小同样注视着他。

李少已经发福了，苏小小看到李少裹着浴巾从浴室走出来，像一只大鹌鹑一样，她咯咯地笑了，李少也跟着笑起来。苏小小把李少身上的浴巾扯掉，推倒在床上。

那晚李少始终没能勃起。他们整晚无眠，相拥着号啕大哭，哭够了又哈哈大笑。苏小小和李少的情绪都隐忍了多年，不只是关于岳亮，还关于命和运。一个月以后，苏小小回到延城，在李少的帮助下，开了一间咖啡厅。

那天，李少来到咖啡厅，对苏小小说：“帮我个忙。”

苏小小吐了一个烟圈儿：“如果是关于拆迁的，这忙我帮不了。”

李少没有说话，他又抽出一支烟，却迟迟没有点着。

苏小小拉开椅子准备离开，李少一把抓住苏小小的手，低沉地说：“小小，我把身家性命都压在了这块地上，你不帮我，我只能想别的办法。可我不想用别的办法。”

苏小小挣开李少的手，回过头来盯着李少看了很久。眼前的这个人是她的男人、兄弟，还是生意伙伴？她不得而知，经历过太多事情后她并不想把这些东西搞得太复杂。

不管她和李少是一种什么样的关系，她都得计算，计算成本和回报，计算现实和感情，计算一切在她心中值得或不值得的付出。

热气渐渐散去，夕阳的余晖洒满幸福街，苏小小出了咖啡厅。她在幸福街转了两圈后停在一家狗肉馆门口，这是诗人的家。她在门口迟疑了一会儿后推门进去。

诗人高中毕业那年，娶了隔壁狗肉馆老板的女儿，当时那姑娘的肚子已经显怀，婚礼办得简单而仓促。第二年狗肉馆老板脑溢血去世，诗人打通了两个院子。他没能学会炖狗肉的手艺，狗肉馆的生意越来越差。

现在苏小小坐在诗人家的小院里，一张张狗皮挂在院中的石榴树上。诗人没想到苏小小会来，他局促地给苏小小倒水，拿凳子。

诗人越发瘦了，干瘪的身体里再也装不下青涩的诗歌，他不敢看苏小小，只是一味地抽烟。苏小小从树上摘了一个青石榴，诗人说：“现在还没熟，等下个月熟了我摘点儿给你送去。”

苏小小说：“我不是要吃，我只是想看看，没熟的石榴籽是什么色的？”

诗人的老婆在店里煮肉，她警惕地看着院中的情况。她知道苏小小是谁，但她不知道当年苏小小和诗人的往事。

诗人问："你来找我，有事儿吧！"

苏小小没有回答，而是轻描淡写地问："生意还好吧？"

诗人摇摇头："混口饭吃！"

二人沉默地坐着，临走时，诗人送苏小小到门外。

苏小小说："李少去找过我了。"

诗人说："哦。"他的目光黯淡下去，"你是为这件事情来的。"

苏小小拢了一下头发，她打量着诗人破旧的门楼说道："是因为钱吗？"诗人沉浸在巨大的不平与愤懑中，他重重叹了口气。

苏小小又拢了一下耳边的头发，问出了那个她更关心的问题："现在还写诗吗？"诗歌是他们两人之间唯一的线索和全部的美好。诗人避开了苏小小的目光。他抽出一根烟，却迟迟没有点燃。一大群鸽子从他们上空飞过，鸽哨婉转动听。诗人回过神时，苏小小已经走远了，他追上苏小小。

"小小，当年，我真的……"

苏小小打断诗人："当年的事儿，不提了吧。向前看，以后的日子还很长！"诗人点点头。苏小小说："我会再来的。"诗人点燃烟，深深地吸了一口。苏小小的背影已经消失在巷子尽头，诗人抬起头，看见时光被风裹挟着，呼啸划过幸福街上空。

李少取得了幸福街的开发权，却在拆迁的问题上碰了钉子。这个钉子就是诗人。诗人的家是两户打通成一户的，不仅住宅面积大，还有临街店面，而李少的赔偿条款是按人头作数的。

以前诗人还写诗的时候，他是个懦弱的人，现在诗人扔掉笔抄起了炊具，他便不再懦弱了。他固执地认为：守着这家小店总能有个温饱，没了店铺，如果赔偿款再不够充裕，他身无长物，一家人又该怎么养活？

他与李少僵持了一年。最开始，诗人提心吊胆，李少有黑社会背景，难保不会下黑手。后来他想通了：如果李少强拆，他就上访，上访不成他就自焚。他必须用这条命给他的子女拼个结果。

可让他没有想到的是李少竟然请来了苏小小。

苏小小后来的故事，诗人是听说过的。每次看到苏小小开车驶过幸福街时，他会想：如果当年自己没有去找老朱，是不是现在自己的妻子就是苏小小？他们可能一起去大城市打拼，在大城市里他们的才华能够尽情施展，他们会成为真正的诗人或作家……可每一次幻想都结束于孩子的啼哭和妻子的抱怨。

那一晚，诗人失眠了，他看着窗外的月亮升起又落下，身边妻子鼾声安稳，儿子不时嘟囔几句梦话，他感到内心安稳，所有的诗意都敌不过此刻的平淡。天空泛白，诗人起身洗了把脸，他得去早市买狗肉。推开街门，他看到了一袭白衣的苏小小。

“小小。”二人相顾，诗人开口。

苏小小从包里拿出一个信封递给诗人，诗人犹豫一下，接了过来。信封略微潮湿，拿在手里轻飘飘的。“这里面是我个人的一点意思。”苏小小顿了顿接着说，“还有，以后我们两清了。”

诗人颤巍巍地打开信封。诗人抽出里面的支票，一张面巾纸跟着飘落，岁月磨平了面巾纸原本的褶皱，纸巾微微泛黄，铅字笔迹也褪去色泽，显得影影绰绰。那几句陌生又熟悉的文字像一把钥匙，打开了诗人情绪的枷锁。他蹲下去，抱着头“呜呜”地哭起来。

这么多年，苏小小一直是他心底的一根刺。他曾以为：时间已经把这根刺销蚀殆尽，可当苏小小再次出现在他面前时，这根刺又清晰地作痛起来。此刻，这张铺开他们缘分的面巾纸又交还到了他手上。善良的苏小小原谅了他，富有的苏小小成全了他，狠心的苏小小也刺痛了他。他知道，接过信封的那一刻，他与苏小小的所有羁绊都被彻底抹除了。

诗人的哭声惊醒了沉睡的妻子，她披头散发，睡眼蒙眬地跑出来。她第一次看到自己的男人如此失态，她蹲下去把诗人的头揽入怀中，轻轻拍打着他的后背。诗人哭得更厉害了，他喃喃地说：“签字，我们签字，我们远远地离开延城，好好过日子，以后再也不回来了。”

4　幸福街

当幸福街最后一座建筑轰然倒下的时候，“幸福大街”在延城彻底消失了。几年以后，这片土地上会长出一个叫作“幸福苑”的小区。

幸福街的老街坊们从延城各个角落围过来，一起见证了祖祖辈辈生长死亡的街道最终走向消亡。

有人欢欣鼓舞，有人表情冷漠，有人热泪盈眶。有人在人群外见到了苏小小，那天她穿着一身肃穆的黑色风衣，手里紧紧握着一个铁盒。

铁盒里有岳亮抄写的几百首诗歌，有诗人写在面巾纸上的原创，她与幸福街所有的情分都混杂在这字里行间，尽管它们承载很多意义，燃烧起来却和普通的纸并无两样。

跳跃的火苗把苏小小的脸烤得红扑扑的，纸灰随风飘舞，混杂着漫天的尘土，又落回地面，永久地融进幸福大街。

鱼我所欲

鱼，我所欲也；熊掌，亦我所欲也。

二者不可得兼，舍鱼而取熊掌者也。

——《孟子》

春

白洋淀人在忘忧湖畔安营扎寨的那一晚，大路村人已经知道了他们的到来。第一个发现这件事儿的是十二岁的张冲，黄昏时分，他赶着羊群去湖边饮水，喧嚣声从湖畔远远飘来。羊群在堤坝上挤成一团，“咩咩”乱叫着。张冲加快步子，先是波光粼粼的湖面灌进眼睛，在团团灰白色炊烟下面，一大串“蘑菇”扎在柔和的夕阳中。

主人的到来给了羊群底气，它们开始向忘忧湖俯冲，消失在土堤下的苜蓿地中。张冲“呦、呦”地喊起来，他想刹住羊群，可头羊一羊当先，已扭着屁股踏上河滩，朝着忘忧湖一路奔去。羊群浩浩荡荡地从帐篷中间穿过，几只黄狗冲着羊群狂吠，头羊在狗吠声中不紧不慢地踱着步子。

张冲跟在羊群后面，好奇地打量着那些灰白色的帐篷。帐篷顶上有一个尖，布幔以这个尖为圆心，均匀倾泻下来，在湿漉漉的河滩上构成了一个简陋的圆锥体。帐篷前架着土灶，火苗舔着黑乎乎的锅底，肉香从锅中溢出，与湖边独有的腥气相互厮杀。到底是腐烂的湿答答的腥气更胜一筹，张冲只能在空气中捕捉丝丝缕缕的香气。透过半掩着的锅盖，张冲看得清楚，锅中一团团黑乎乎的东西是鱼。

一顶帐篷裂开了缝，一个小脑袋钻了出来，看到羊群，小脑袋发出欢呼："妈妈，羊！"这是黄小冒第一次看到如此规模的羊群，他置身其间，羊一只一只从容不迫地从他身边走过去，如同一支雄壮出征的军队。黄小冒的母亲桂琴跟着钻出帐篷，她抬起一只手搭在额上遮挡阳光，另一只手叉在腰间，夕阳为她镀上了一层金色的轮廓。

"孩子，这是你的羊？"

张冲点了点头。

"这儿扎包了，以后从那边下水。"桂琴指着另一片河滩说，"我们这儿狗多，别惊了羊。"

张冲不回话，低着头径直往前走。黄小冒仰起头对桂琴说："妈妈，我们也养羊吧。"

桂琴将黄小冒推回帐篷："养什么羊，摘你的鱼去。"

羊群喝饱了水，按着原路返回。还没有走出河滩，黄小冒拎着篮子跑过来。黄小冒十三岁，看起来却比张冲矮上半头，他皮肤黑油油的，像一条硕大的泥鳅。

他把篮子递给张冲："送你的鱼。"张冲一动不动，呆呆看着篮子里的三条大鲤鱼出神。黄小冒笑了，嘴巴里露出了一个黑黑的洞。"这是鲤鱼，好吃。"他把篮子塞到张冲手中，"我叫黄小冒，你叫什么？"

黄小冒的语速很快且带着浓浓口音，张冲误以为黄小冒叫"黄毛"，这滑稽的名字引得他"咯咯"地笑出声来。

"你叫啥？"黄小冒又问了一遍。

"我叫张冲。"

这时，一只羊走到两个少年身边，黄小冒抬手摸了一把羊背，绵羊转过头，瞪着黄如宝石一样的大眼睛。黄小冒快乐起来："这只羊不怕我，好玩儿。"

"它的肚子里怀着小羊羔。"

黄小冒这才注意到，这羊的肚子明显比其他的羊要大，他伸出手想去摸羊肚子，结果绵羊几步躲到张冲身后。

"你们从哪儿来？"张冲问。

黄小冒沉浸在没有摸到羊肚的遗憾中，他随口回道："白洋淀"。此时，头羊已经穿过苜蓿地爬上了土堤，张冲和黄小冒匆匆告别，赶着剩下的几只羊向湖堤爬去。

看着张冲爬上土堤，黄小冒突然大喊："张冲，张冲，等你的羊生了，能送我一只不？"张冲没有说话，转身跑开了。

黄小冒站在河滩上，醉酒的夕阳已经滑到地平线下，黑夜从天边铺天盖地席卷过来，他嗅到自己周遭充斥着腐烂气息，那是泥土被湖水长时间浸泡后泛出来的味道。他转过身，开始朝帐篷走去，暮色中，帐篷黑漆漆的，如同坟冢。

张冲带回来三条鲤鱼和白洋淀人在忘忧湖畔驻扎的消息。

张二奎背着手在院子里转圈："你说有多少帐篷?"

张冲随口答："十来个!"

"十几个?"二奎带着怒气。

张二奎的怒火爆发的莫名其妙，张冲怯怯说道："十……十一个吧。"

二奎抬手照着张冲的脑袋打去，张冲的身子跟着向前一倾。"数都数不清楚，你上的什么学!"二奎从地上拎起装鲤鱼的篮子，"走，跟我找支书去。"

张冲的头"嗡嗡"作响，但此刻他更关心篮子里的三条鱼。他在湖边闻到了鱼的香气，这香气诱惑了他。他梗着脖子嚷着："我不去，我要吃鱼，你把鱼还我。"二奎脸上一层冰霜，抬手正准备打张冲，蓝花挺着大肚子走出来。

"这是干什么，鸡飞狗跳的!"

二奎没有理会蓝花，他一只手拎着篮子，另一只手拧起张冲的耳朵把他拉出大门。小院的空气中还弥漫着鲤鱼的腥气，这股腥气钻进蓝花的鼻子，在她的胃里翻滚着。她一手托着肚子，一手扶着窗台，大声干呕，汤汤水水吐了一地。

大路村紧挨着忘忧湖，可大路村人却并不吃鱼。

很久以前，大约在二奎只有张冲那么大的时候，忘忧湖还是一条细细的小河，小河两岸星罗棋布着众多的村庄，后来，小河下游建起了水坝，四十五个村子举村搬迁，忘忧湖就这样凭空出现在大路村旁边。

最初几年，村里也买过两条渔船，组织村民下湖打鱼。

但大路村物资匮乏，他们没有足够丰富的香料来掩盖鱼腥气，这里更没有做鱼的经验与传统，那些充满腥气的鱼多是被村民拿去喂猪。

就这样，忘忧湖在大路村旁安静地长了二十多年，没有人再打湖里鱼虾的主意。当白洋淀人出现在湖边并把鲤鱼当作礼物送给自己儿子的时候，张二奎认为此事非同小可，必须第一时间上报村干部。

大路村的村支书赵德明今年五十九岁了。过过苦日子的人，对生活总是节俭到近乎吝啬。晚上家里没有客人时，他宁愿关着灯和衣躺在炕上。用他话说：又不做事情，要那么亮堂干什么。此刻，他正摸黑盘算着买粪的事情，推门声将他的思路打断，紧接着大黑狗的狺狺狂吠在院子里炸响。他踹了一脚躺在炕头的老伴儿。“快拉灯，有人来了！”

一百瓦的灯泡把屋子照得亮堂堂的，二奎在转述张冲的所见所闻时，赵德明一言不发，他自顾自地点燃了一根旱烟，烟雾在他花白的头发上空飘荡消散。“叔，这白洋淀在哪儿？他们凭啥说来就来？湖里的鱼是咱们集体财产，他们这不是抢吗？”赵德明没有回应二奎，而是问张冲：“你确定他们吃的是鱼，不是别的？”张冲点点头，赵德明自言自语说：“鱼这么腥，咋吃呢？”

对于吃鱼这件事，赵德明倒是听大哥讲起过。大哥早年被军阀抓了壮丁，靠着一双脚底板走遍了大半个中国。大哥说南方人是吃鱼的，他们做的鱼很香很香，想不到几十年后，会吃鱼的南方人竟出现在了家门口。二奎带来的信息很重要，他决定明天一早带几个人过去看看。

“多喊些人，不然会吃亏！”

赵德明瞪了二奎一眼：“我又不是去打仗。再说，人家可是先给你送了鱼的。”

那天晚上，赵德明几乎一夜没睡。他在大路村当了三十多年家，以前他是生产队长，包产到户之后，他是村支书，忘忧湖畔十里八乡有谁不知道他赵德明呢。他的三十多年，就像三十多天，看着村里一茬一茬的人像熟透的麦子倒进泥土里，滋养着一茬一茬青葱的麦子蓬勃地戳起来。这种一成不变的更替，已经在大路村延续了数百年。

赵德明是一个精明人。自从县里取消了公社和生产队，把土地承包给个人那天起，他就隐隐感觉到：自己所熟悉的一切要变了。他一直读书看报，外面的消息也印证了自己的判断，但他搞不清楚，白洋淀人的到来，对大路村到底意味着什么。那一晚，他像一个胆怯又好奇的孩子，注视着黑夜也期待着黑夜后面的未知。

第二天一早，赵德明带着村主任和三个精壮汉子走向忘忧湖畔。太阳还没有升起，湖面上腾着一层薄薄的雾气，寒气扑面而来。十二顶帐篷矗立在雾气里，但大部分帐篷是空的。

赵德明正在疑惑，湖面上的薄雾里亮起了十二盏灯。白洋淀的渔民们在忘忧湖上奋战了一夜，此刻正载着满满收获归来。白洋淀人在每一条船舷上绑着一盏汽灯，这让他们即使在浓雾中也能看清楚彼此的位置。

划在最中央的是黄殿敖的船，他是这支小船队的领队，这十二户白洋淀人的带头人。黄殿敖站在船头，雾水打湿了他的头发和衣衫，湿漉漉的衬衫把他强壮的胸肌勾勒得更加俊美。看到湖岸边立着五个陌生人，船队向他靠拢过来，黄殿敖一挥手，大声喊道："靠岸！"

黄小冒跟着爸妈在湖面上忙活了半夜，此刻，他正躺在船舱里熟睡。头枕半船舱鱼，熟悉的鱼腥气窜入梦里，让他睡得安稳而踏实，而桂琴的内心却焦急万分，她的惊慌不是没有来由。他们是一群失去家园的落魄户，白洋淀曾是他们世代的捕鱼天堂，一纸禁渔政令，彻底打乱了他们的生活。在来到忘忧湖之前，他们曾在河北、山东很多地方短暂地生活过。他们逐水草而居，但是大部分水草边的原住民并不欢迎他们。他们的捕鱼技术太过娴熟，他们的出现打乱了地区鱼市的平衡，无奈，他们只得一路北上。

这个春天，他们惊喜地发现，忘忧湖竟是一片没有渔船开垦过的处女地。他们还发现，这里的人竟然不吃鱼。鱼是世界上最美味的食物，人怎么能不吃鱼呢？他们驻扎下来，幻想着把忘忧湖变成第二个白洋淀。

在驻扎后的第二天，忘忧湖的主人来了。无论什么要求，他们都得接受，他们想长久地在这湖岸边扎根。

黄小冒一觉醒来，发现自己已经躺在帐篷里了。母亲在一旁缝补一张渔网，他坐起来，泥土的腥臭味立刻窜进鼻子。他听见帐篷外面有人在小声说话，正想钻出去看看，桂琴一把拉住他。他把帐篷打开一条缝，看到父亲和二锛子他们把四五个当地人围在中间。父亲背对着他，身姿伟岸，二锛子和一个本地人正在争论着什么。

“妈，我们是不是又得搬家了？”黄小冒小声地问。

桂琴从衣服兜里掏出一个小苹果给黄小冒。“你喜欢这里不？”

黄小冒接过苹果，在衣服袖子上擦了擦，果皮上的纹路更加清晰，他嗅了嗅苹果后小心地揣进兜里。“这里的鱼多，这里还有羊，我喜欢这里。”

帐篷外面，黄殿敖与赵德明的谈判并不顺利。赵德明向白洋淀人要介绍信，要政府下发的证明文件，黄殿敖什么也拿不出来，他一遍遍地承诺可以付租金，甚至可以把收获与大路村人分享。

赵德明摇着头，他知道忘忧湖不是大路村的，他没权出租，忘忧湖里的鱼更不是大路村的。他来这里就是想了解这批白洋淀人的底细，作为一个村的支书，他不能让一群来历不明的人住在村子附近。

双方都带着浓重口音，有时候一句话得重复几遍才能让对方理解，他们各怀心事，彼此互不相让，谈判一度陷入僵持。黄殿敖拿出纸烟分给在场的人。在黄殿敖分烟的时候，赵德明也掏出纸烟给大路村的人，他们就那样对立着，沉默着抽着烟。

日头渐渐升起来，湖面的雾气散去，一阵香气灌进赵德明的鼻子。赵德明把烟屁股丢在烂泥中，他佯装看湖，眼神却在帐篷间寻找。白洋淀的女人们开始做早饭了，她们在各家的帐篷前支起炉灶，架起铁锅，木柴略湿，烟气泛白，不一会儿锅中食物的味道就蔓延出来。

赵德明很快找到香气的来源，在他们不远处，桂琴把昨日的鱼汤重新回锅，放了几条新鲜的嘎鱼进去，老汤新鱼，香气四溢，铁锅壁上炕着一圈玉米面馍，足有十几个。

黄殿敖说："先吃饭，吃完饭再说。"白洋淀人返回了各自的帐篷，黄殿敖掏出纸烟给大路村人散了一圈，赵德明犹豫了一下，接过纸烟，就着黄殿敖的火点燃。

黄殿敖说："赵书记，时候不早了，不嫌弃的话，在我家对付吃口，事儿归事儿，饭总是要吃的。"几个大路村人望着赵德明，赵德明不说话，只是把纸烟吸得滋啦滋啦响。这时，站在村主任身边的张二喜说："我看要不就在这儿吃点儿，吃完了咱们继续谈。"

白洋淀人的帐篷扎得很实用，帆布圈出了一块十平方米左右的地儿，淤泥上先铺了一层竹片，然后一层铁丝网，铁丝网上头是一层木板，帐篷中间一根铁棍一柱擎天，围绕铁柱是一个方形小桌，铁柱从小桌正中心顶出。小桌左边立着一个衣架，上面摞满了层层叠叠的衣服。小桌右边是三个卷起来的铺盖，正对着小桌是两个硕大的竹篓，里面放着柴米油盐、手电、雨鞋以及简单的洗漱用品。

桂琴将鱼汤盛在两个大碗里，六个男人围着两碗鱼，手拿着玉米馍馍沉默地吃着。桂琴揣着两个馍馍，带着黄小冒蹲在帐篷外面吃。

赵德明看到了鱼汤里漂浮的胡椒、花椒、野葱还有一些他不知道的佐料。他知道碗里的鱼是嘎鱼，这种鱼个头不大，鳞少，周身带着硬刺，以前村里捕上了嘎鱼会被统统倒掉，这种鱼猪也不吃。但是现在，碗里的鱼却散发着一种诱人的香气。赵德明夹起一块鱼肉，小心翼翼放进嘴里。腥气消失了，鱼肉在口中融化，鲜嫩感瞬间充盈口腔，香料的味道激发出鱼肉的清香，这种香气干净纯粹，让他感到无比幸福。

六个人沉默着把十几条嘎鱼一扫而光，张二喜甚至拿着馍馍蘸着鱼汤吃。黄殿敖看着大路村人吃得眼冒金光，满嘴流油，虽然他们没说什么，但是他已经知道了，白洋淀人算是在忘忧湖边扎下根了。

夏

黄小冒的梦想是有一间只属于自己的屋子，这个梦想并不奢侈。在大路村，每户人家大多只有一个孩子（也存在超生，比如张二奎），他们的房间都是独立的。而在湖边的帐篷里，一家三口共享十几平方米的空间，这让已经十三岁的黄小冒分外难受。

每天放学之后，黄小冒总是往张冲家跑。写完了作业，黄小冒就和张冲下象棋，蓝花在另一间屋子里照顾刚出满月的蕊蕊。下着下着，张冲和黄小冒就会因悔棋发生争执。蓝花自动屏蔽了这声音，只有当他们争执的声音传进了蕊蕊的耳朵里，小家伙眨巴着大眼睛，扭动着脖子望着隔壁屋子出神时，蓝花才会喊上一声：“张冲，你们小声点儿，小心你老子回来揍你。”

黄小冒腻在张冲家还有另一个目的。张冲家养着三十多只羊，以前这群羊由张冲放，新学期开学，张冲升六年级了，张二奎让他抓紧时间学习，自己揽起了放羊的活儿。每天黄小冒会等着张二奎放羊回来，他得看着那群羊踢踢踏踏地冲进羊圈。

张冲家的羊群中有一只黑羊，当年它还在妈妈肚子里的时候，黄小冒就向张冲讨要过它，虽然张冲没答应，但黄小冒却认定这只羊是他的。黄小冒常会拔点青草或薅点树叶给这只黑羊吃，时间久了，每当羊群冲进院子时，小黑羊便脱离队伍，头也不回地冲向黄小冒。

张二奎在羊圈门口等着关圈门。他走了半天，脚底沾着厚厚的羊粪，浑身渍着层层的汗，他抽着劣质香烟看着黄小冒和张冲跟小羊玩耍时心里挺不爽的。他倒不是不喜欢黄小冒，黄小冒嘴巴甜，每次见面总是“二奎叔”长“二奎叔”短地叫。他是对忘忧湖边的白洋淀人心存不满。他每次总是赶着羊穿过帐篷，引得白洋淀人的狗狂猜不已，羊粪在帐篷间撒上一路。他不欢迎这帮外来户，于是用这种拙劣到幼稚的方式采取报复。

张二奎把烟头踩灭：“行了，快让羊羔回圈吧，你们写作业去。”张冲歪着脖子说：“早写完了。”二奎走过来，抱起小羊羔几步走到羊圈里，圈里的羊群爆发出“咩咩”的海浪。

“二奎叔，它多久就能长大了，长得像它妈妈那样大！”

“快了,”二奎摸着黄小冒的后脑勺,“等你长到我这么高的时候,它就长大了。”

黄小冒的目光一直跟随着小黑羊在羊群里穿梭。“二奎叔,我能带它回家吗?”

二奎笑了:“你家没有羊圈,得等你爸爸在湖边盖了羊圈你才能带它回去。”

黄小冒抬起头:“二锛子要回白洋淀了,我可以让黑子睡他家的帐篷!”

二奎先是一乐,心里暗笑:羊怎么能睡帐篷呢?可他很快又严肃起来。二锛子这个人他记得,他的帐篷就在黄殿敖的帐篷旁边,二锛子瘦高个儿,头发蓬蓬的,话不多,有时候张二奎赶羊穿过帐篷时,二锛子就用一双阴郁的眼睛盯着二奎。

“好好的,他回白洋淀干吗?”二奎问黄小冒。

黄小冒的目光依旧跟随着黑羊,他随口说:“我妈说,再不回老家,他媳妇儿就要跟鱼贩子跑啦!”二奎“嘿嘿”笑了起来,这时张冲问道:“为什么要跟鱼贩子跑?自己跑也是一样的!”

“行了行了,赶紧回去写作业。”二奎粗鲁地结束了这场对话,但他记住了黄小冒透露的这个消息。白洋淀人在忘忧湖捕鱼,每天早上鱼贩子阿德会来湖边收鱼。二奎问过阿德,从白洋淀人手中收鱼的价格是一斤鱼一毛钱,好的时候,一船能捕两三百斤,那就是几十块钱,这可是一笔不小的收入。

“凭什么忘忧湖的鱼只能给白洋淀人捕?”这天晚上,二奎跟蓝花商量，他想接过二锛子的渔船。蓝花坐在炕头上哄蕊蕊睡觉。她瞥了一眼二奎，皱起眉头：“你要是粘一身鱼腥气，就别上我的炕。”二奎啐了一口：“我赚了钱不是还给你花吗？”

一提到钱，蓝花就乐了，她快乐并不意味着她允许二奎捕鱼，而是二奎说要把赚的钱给她花。

“那羊呢？”蓝花问。

“有张冲嘛，他来。”

蓝花把睡熟的蕊蕊放到小褥子上后开始铺炕。她不说话，那边二奎还在等她的意见。见蓝花脱了衣服钻进被窝，二奎爬上炕：“蓝花，不管你同不同意，我都要买船捕鱼。忘忧湖就是一个大聚宝盆呀，咱们以前不知道，白白让白洋淀人赚走了钱，以后这钱得咱自己赚。”

蓝花露出雪白的胳膊，她略带愠色：“你想干啥你就干去吧，别说了。”二奎望着蓝花白玉般的胳膊，瞬间体内燃起了火。他把自己快速地剥光，钻进被窝。

二锛子把渔船按一百元的价格转给了张二奎。

一开始，二奎对这种船身长、吃水浅的小船有一些陌生，但他划着小船在湖中转了几圈后，便有了驾驶的快感。有段时间，黄小冒和张冲在湖边放羊时总能看见二奎光着膀子划着那只小船在湖中来回游荡。张冲远远向父亲挥手，满眼都是喜悦。

接手渔船不久，张二奎托二喜请阿德喝酒。二奎知道，打鱼是一项技术活儿，他就是再练几年也赶不上白洋淀人的手艺，他需要另辟蹊径才能捕更多的鱼，而阿德肯定知道打鱼的秘诀。

一瓶西凤下肚，阿德的脸变得红扑扑的，他搂着二奎的肩膀，跟他分享着白洋淀女人的狂野与温柔。二奎对这些并不感兴趣，怕阿德醉倒，于是不住地给他夹菜。

“奎哥，你别看兄弟现在起早贪黑，一身鱼腥气。你信不，不出两年，在咱们县，我绝对是这个!”阿德喷着酒气，跷起大拇哥。

二奎趁机说道：“阿德兄弟，这我早看出来了。你别说，这鱼还真是香饽饽。这不，我也弄了条船，可一网一网打鱼太慢了!”

二喜附和道：“阿德，咱们十里八村数你的脑子最活，当时白洋淀人来了，大家都躲他们远远的，嫌弃他们，就你看见了这条发财门路!你帮着二奎出出主意，怎么打鱼更快一些，钱都让外来户赚完了。”

阿德“嘿嘿”笑了两声，他一口喝掉半杯白酒，二奎赶忙给阿德把酒添满。阿德挑起眉毛，二奎、二喜把耳朵凑过去，阿德嘴巴微张，一个“炸”字出口，二奎先是倒吸了一口冷气，二喜琢磨了一下，笑了起来。

“阿德，你不要开玩笑，这鱼在水里，怎么炸?”二奎问。

阿德抹了抹嘴，一副得意的神色：“这你们就不知道了吧，在南方都这么干，一雷子下去，‘砰’一声，碰见鱼群那就发了。”二喜和二奎面面相觑，这是他们闻所未闻的。

阿德还想说什么，话到嘴边又咽了回去。他喝了酒，可意识还算清醒，他知道：炸鱼不仅违法而且十分危险。他神色严肃地说："今天，我什么也没说。你们炸鱼跟我没有任何关系，出了事别找我。"

自从在酒桌上聆听了阿德的捕鱼秘籍后，二喜便真的开始谋划了。二喜是村里的会计，他知道以前村里民兵集训时，在生产队的废地窖里藏了几箱雷管，现在用来炸鱼再好不过。

但是二奎却觉得炸鱼这事儿不妥。"你湖里雷一响，全村都能听见。"

二喜歪着脖子，眼睛瞪得浑圆："听见咋了，咱炸鱼又没炸人。"

"那白洋淀人听见了，报告警察咋办？现在雷管可不是你想玩儿就能玩儿的！"

"他敢！"二喜眉毛一挑，"除非他们不想在忘忧湖打鱼了！"

"我还是觉得不安生，哥，如果你执意要炸，我可以把船借给你。"

二喜低头琢磨了一会儿说："二奎，我去炸，你先看着，要是好买卖咱就一起干，你出船我出雷管，赚了钱对半分，怎样？"

二奎心里当然不乐意：船是我的，雷管是生产队的，你二喜是啥也不出，空手套白狼。可是，他又不想和白洋淀人一样披星戴月地撒网、收网、摘网……周而复始地捕鱼。他想了想，反正出了事有二喜跟自己一起背，于是点点头说：

“成。”

大路村人多是旱鸭子，二喜是为数不多的会游泳的人。他会玩水，可他并不知道忘忧湖的鱼群在什么地方。那天晚上，当白洋淀的船队驶进湖中，二喜就在后面远远地跟着。十几盏汽灯，有序地飘向湖心深处，然后汽灯停下来，二喜知道白洋淀人要撒网了。他放下铁锚，仰在小船上等着，白洋淀人撒了网，又往下一个撒网点而去。

等天空微微发白了。二喜把小船划到白洋淀人撒网点上游，哆哆嗦嗦点着一根烟，随后从船舱摸出一个雷管，那雷管像一个二踢脚，个头不大但威力惊人。小的时候，他见过队长点燃引信，然后一块磨盘大的石头被炸得四分五裂。一根烟抽完，他颤巍巍地掏出打火机，把雷管的引信放到最长，点燃了引信。

他握起雷管朝着目标水域丢过去，随着雷管脱手，他的身体也失去平衡，重重摔倒在船上。小船在水面上剧烈摇晃，险些倾覆，二喜爬起来，他没有看到雷管的落点，抄起船桨朝着相反的方向拼命划去。十几秒后，身后传来了一声沉闷的爆炸，他感觉腚下的小船跟着颤动起来，转过头，冲天水柱正落下来，噼里啪啦打在湖面上。他听出来了，这噼里啪啦声中，有鱼。

水面上的波纹散去后，炸晕的鱼翻上水面，远远望去一层白肚皮。二喜把船划过去飞快打捞，不一会儿，船舱里就装了几十条大鱼。二喜知道，此刻白洋淀人肯定正往这边赶，为了省时间，一些小鱼他索性就不再打捞，几分钟后，他划着重重的船，消失在芦苇荡。

二奎看着二喜递过来的几张“大团结”心情很复杂。二喜很仗义，第一次炸鱼是他独自行动，但是仍旧分了一半儿的钱给二奎。二奎先是推托，后来经不住二喜的劝说就把钱收下了。

当然，张二奎收了钱，也就意味着他和张二喜正式合作了。

秋

过了中秋节，赵德明就六十岁了。前六十年，赵德明到过最远的地方是大同，当时他十五岁，跟着大哥一起去给老娘买寿材。大哥当兵回来一个月，老娘就撒手人寰，他要风风光光厚葬老娘。

赵德明记得，那天他们天不亮就出发，一直走到日上三竿，然后搭了一段驴车，到了中午，他们路过一段铁轨。大哥说，顺着这铁轨，一直能到北平。赵德明望着淹没在群山之间的铁路，他不知道大哥说的北平是什么样的，他也不想知道。走到北平是一件困难的事儿，而他现在脚板生疼，只想回家。

他们跟随着一支马车帮一路往西，到了日头变红，总算到了大同，大同城门高耸，一队队官兵荷枪实弹从城门跑出，大哥拉着赵德明躲到城边的烂柴坑里。

大哥告诉赵德明，这些当兵的看见青年后生会拉着他们去当兵，当年他就是这样被拉走的。十五岁的赵德明趴在臭气熏天的柴坑中，大气不敢喘，等那列兵过完了，兄弟二人才爬上大路，晃晃悠悠走进城去。

赵德明又累又饿，他想找个地吃个馍喝口水，可是大哥带着他直奔寿材店，他们挑了一口最红的棺木。兄弟二人租了双轮车，推着这一口棺木走了一夜，第二天一早，终于让老母亲躺进了棺材。这口底三帮四天板五寸的松木红棺是大路村人见过的最好寿材。多年来，提起赵家老太的寿材，村里的老年人都会露出羡慕的神色。

这次并不痛快的大同之行让赵德明对大路村以外的世界充满了敌意。他本想把自己的一辈子埋在大路村，可是在他五十九岁这一年，白洋淀人来了，炖鱼的香味开始在大路村上空弥漫。香味长着脚，随着风跑到了附近的村镇。有人陆续来到大路村，只为蹭一顿鱼吃。这些来大路村吃鱼的人，尤其对赵德明炖的鱼赞不绝口。

自从在黄殿敖的帐篷里吃过一次后，鱼的美味就镌刻进赵德明的脑子里了。结婚四十年，他从没进过厨房，当老伴儿连续做了几锅土腥味浓重的炖鱼之后，他决定亲自上手，赵德明炖鱼的天分就这样显露出来。

赵德明炖鱼的名气传得越来越响，不少人带着礼品上门，只为尝一尝赵德明的手艺。有一天，小路村的支书陈金生在吃鱼时说道："赵哥，你这手艺，开个馆子我天天来您这儿吃鱼。"这本是一句随口的赞扬，可这赞扬就像种子一样，在赵德明心里生根发芽，茁壮成长。终于，在赵德明 60 岁生日即将到来的时候，他开了大路村有史以来的第一家饭店。

赵德明向镇长请示过。镇长刚从部队转业到地方不久，听了赵德明的想法，大手一挥：“干，你这脑瓜灵光得很。干！”

赵德明问：“这不算是资本主义吧？”

镇长说：“上面刚开了会，要搞经济建设，搞活农村经济。干，你放手去干，出了事找我！”

赵德明从镇长办公室出来后直接去银行取出了这几年存的一千块钱。赵德明拿着钱家也没回，坐上了公共汽车直奔大同。大同的城门矮小破败，远没有记忆中的那番恢宏，城区里灯红酒绿，饭店林立，他摸了摸兜里的钱，咬牙走进了一家饭店。

他活到六十岁，终于知道原来鱼也有这么多的做法。红烧的、清蒸的、糖醋的、炸的、炖的……他在做菜上本就有些天分，不同做法的鱼，在吃过两遍之后他就能模仿出个大概。做鱼就那几种方式，无非是在配料和火候上需要把控，有的时候，赵德明胡乱添一些香料竟做出了新的味道。

赵德明从大同到太原、长治，这位节俭了一辈子的人，把大把大把的钱用在了吃鱼上。两周时间，他花光了五百块钱，剩下的五百块钱变成了佐料、桌椅板凳、锅碗瓢盆和粉刷料，他把自家的四间瓦房进行了粉刷，腾出其中两间屋子，摆上四张桌子，他在家门口立了一块牌子，上面写着四个苍劲有力的大字——“大路鱼馆”。

大路鱼馆开业这天，黄殿敖一早就送来了两篓鱼。赵德明的儿子赵泰看见白洋淀人一下子送来这么多鱼，立即想到这些都是白花花的银子，如果到了晚上卖不出去烂掉，损失可是自己的。

赵泰阴着脸，把鱼篓重重放在空地上，然后招呼着媳妇儿称重。赵泰把鱼倒进一口水缸，几十条鱼在狭小的缸中激烈摆动着。“兄弟，多匀两个缸放，死了的鱼就不新鲜了。”黄殿敖说。

赵泰头也不抬，掀起另一篓鱼倒进水缸。各类鱼不停地扭动着身子，水花四溅，两条黑鱼甚至直接蹦出水缸，在地面上留下了一片水迹。黄殿敖看出了赵泰的不满，他把两只竹篓扣在一起，快步走进屋子。

赵德明正在挂菜单，所谓的菜单就是一张大黄纸，上面用毛笔写着十几个菜名和售价。红烧鲤鱼、干炸小黄鱼、剁椒鱼头、清蒸草鱼四道菜写在最上面，下面是一些土豆烧茄子、凉拌西红柿等家常小菜。黄殿敖把整张菜单从上到下看了一遍，心里暗暗佩服起赵德明。

赵德明把每道家常菜的菜价定得很亲民，但是每道鱼的售价却利润颇丰。来他这里吃鱼的，多是慕名而来，他们也不在乎售价，而家常菜则是为本村或附近村子乡亲准备的，他想留个好名声。

赵德明看见黄殿敖，脸上挂起笑容：“老弟，来来来，你走南闯北见过世面，帮我看看，这菜价定得怎么样？”

黄殿敖咂咂嘴："老哥，快别笑话我了，我一个打鱼的，哪懂你们的生意经，不过我看这毛笔字是真好看，您这是请谁写的？以后我家小冒也去拜拜师！"

赵德明哈哈笑起来："老弟笑话了，是我瞎写的。"

黄殿敖吃惊地说："看不出来啊，赵大哥您真是文武全才。"

黄殿敖的话让赵德明分外高兴，他忙招呼黄殿敖坐下，"兄弟，今天的鱼钱，我给你结了！"黄殿敖一把拉住赵德明，"老哥，您这新店开张，各项开销肯定少不了，我这鱼您先用着，不急不急。"

赵德明没想到黄殿敖会主动提出来赊账，他说："这不太好吧！"

"老哥，您看这样成不，我每天给您这儿送鱼，您呢，隔三岔五给我结一次账就成！"

赵德明瞬间明白了黄殿敖的意思，话说到这份儿，赵德明爽快地答应了。看着黄殿敖背着竹篓消失在巷口，赵泰一脸得意："爹，我看这白洋淀人还得巴结您，十里八村谁买鱼能赊账？"

赵德明瞪了儿子一眼："你知道个屁，他黄殿敖是在放长线钓大鱼，他是吃定了咱大路鱼馆了。"赵泰听了赵德明的分析，不禁破口大骂："这保定厮，还跟咱要这聪明，爹，明儿咱就不要他的鱼！"

赵德明无奈地看了眼赵泰，这个孩子随了他娘，秉性不坏，就是目光短浅。他正想跟儿子解释，小路村的张麻子进门给赵德明送鞭炮，赵德明忙把张麻子让进屋，端茶递水。

在农村，只要鞭炮一响，这声势就起来了，三里五村的闲汉听见炮声，都会跑过来看热闹，大路鱼馆就在张麻子自制的万响大地红鞭炮声中红红火火地开了业。

可是村民多是在鱼馆门口指指点点，赵德明和赵泰招呼大家进店吃饭时，却少有附和。一上午，只有本村二喜和张亘进来吃了两份炒饼。水缸中，鱼层层叠叠拥挤不堪，还没到中午，不少已经肚皮朝上了，赵泰进进出出，犹如热锅上的蚂蚁。

看热闹的闲汉把大路鱼馆开业的消息带回了三里五村，各村出门的村民又把忘忧湖岸第一家鱼馆开业的消息带到了更远的地方。下午四点左右，吃鱼的人来了。一辆辆自行车停在大路鱼馆门口，有的来晚了，就搬了小板凳在鱼馆门口等位。赵泰杀鱼、传菜、收桌，忙得不亦乐乎，赵德明在后厨烹炒煎炸，一直忙到晚上 8 点，送走最后一拨客人后，赵德明看到门口大缸里只剩下两条翻了肚皮的草鱼。他做了一天鱼，此刻身上散发着鱼腥和香料的气味，他让赵泰把两条鱼收拾出来，要给自己炖两条鱼吃。

当赵泰端着两条收拾干净的鱼走进屋内，疲惫的赵德明已经趴在餐桌上睡着。睡梦中，他看到一条条金灿灿的鱼在他周身游动，经久不散。

黄殿敖没有食言，大路鱼馆开张没多久，他就带着黄小冒走进了店里。当时正是上午，店里没有客人，赵德明在盘货，一抬头先看到黄殿敖高高大大的身影，赵德明摘下老花镜，招呼黄殿敖进店，当黄殿敖走进店里时，赵德明才发现黄殿敖身后的黄小冒。

黄小冒其实并不想来大路鱼馆，他几次推脱，最后黄殿敖发火了，抬脚狠狠踢在黄小冒的屁股上。“你想一辈子打鱼吗？你要学本事，将来上岸。”黄小冒委屈巴巴地望着桂琴，桂琴没有说话，默默给黄小冒收拾衣物。

黄殿敖名义上请赵德明教黄小冒写字，但事实上他根本不在乎黄小冒在赵德明这儿能不能学到书法，他只是想让儿子趁着假期跟着大路村最精明的人历练历练。还有一点，黄小冒总去张二奎家找张冲，黄殿敖不希望黄小冒学会炸鱼那套下流套路。

赵德明推辞了一番后还是留下了黄小冒。那天，在黄小冒眼中，父亲逐渐远去的高大背影慢慢变模糊，他长到十三岁，第一次真切地体味到了痛苦的滋味。他不喜欢鱼，鱼腥臭难闻，鱼让他居无定所，鱼让他只能跟父母蜗居在十几平方米的小帐篷里。他喜欢羊，羊温暖温顺，跟羊在一起的时候他有安全感。他一直想，等那只黑羊长大以后，它就能够下小羊，小羊长大了再下羊，他想像张冲那样，带着一群羊浩浩荡荡地走过山岗。可是父亲并不理解他的梦想，他想快点长大，远远地离开渔船和帐篷，离开漫天的鱼腥气。

黄小冒来到大路鱼馆，杀鱼的工作自然落到了他的头上。赵泰蹲在一旁，指挥黄小冒刮鱼鳞。黄小冒四岁时学会做的第一件家务事儿就是刮鱼鳞，可是在河边刮鱼鳞的那一套在大路鱼馆行不通。赵泰要求黄小冒把鱼鳞刮得干干净净，哪怕肚皮下面最细小的鳞片也不允许落下。他要求黄小冒刮鱼鳞时不能伤到鱼肉，当黄小冒认真收拾完一条鱼的时候，赵泰又开始催促黄小冒加快速度。一中午，黄小冒收拾了七条鲤鱼两条草鱼，中午吃饭时，他端碗的手不住打战。

当黄小冒在大路鱼馆外的空地上，一条接一条地清理着自己父亲捕获的鱼时，他的好朋友张冲正在忘忧湖对面的山坡上放羊。站在山坡上，偌大的忘忧湖可以一览无余，张冲在辽阔无边的湖面上寻找父亲的渔船。有时候，他能听见忘忧湖里传来沉闷的爆炸声，当他循声望去的时候，湖面仍旧像过去一样的平静。

冬

忘忧湖的冬天来了。湖面结起了厚厚的冰，辽阔浩渺的忘忧湖如同一具僵硬的尸体暴露在空气中，任凭寒风吹彻。墨绿色的冰面平整如镜，一条条白色纹路刺进冰的肌理，延伸得很远很远。冰面上不时传来沉闷的“咔嚓”声，这种声音在冰湖里回荡往复，增添了不少阴冷氛围。

白洋淀人在湖水上冻之前就拆了帐篷，把船埋在湖岸边。他们带着一年辛苦下来的钱回老家猫冬了。黄殿敖和桂琴在大路村租了一间旧房子住了下来，黄小冒得在大路村上学，并且他们知道，老家的冬天，不过是一群人喝酒赌博，把一年攒下的钱挥霍一空罢了。来年开春，身无分文的白洋淀人会再回到忘忧湖，挖出渔船继续打鱼赚钱。

这些年来，背井离乡的白洋淀人已经形成了习惯。赌是流淌在他们血液里的基因，和他们的踏实、勤劳、善良等品质一样，构成了复杂的个体。

忘忧湖结冰以后，自然没有了鲜鱼供应，赵德明干脆将大路鱼馆关了。在小半年时间里，赵德明赚了八百多块，他计算着，再有两个月，投进去的钱就能回本了。

自从开了大路鱼馆，赵德明家几乎每晚灯火通明，以前晚上准备第二天的食材，灯不得不开。入冬以后鱼馆关了，可赵德明还是愿意把屋里的灯都打开，一百瓦的灯泡让屋内亮如白昼，赵德明坐在明晃晃的灯泡下抽烟，感觉自己总算活出了滋味。

那天晚上，小路村的陈金生来到赵德明家。他的老母亲过 80 大寿，想吃赵德明做的鱼。听了陈金生的开价后，赵德明笑了，那是比夏季高出一倍的价格。

赵德明为难地说：“金生，不是我矫情，你看忘忧湖冻成了大冰疙瘩，巧妇也做不出无米的饭啊。”

陈金生说：“把冰凿开不就能打鱼了嘛！”

赵德明撇了撇嘴：“这么厚的冰，哪是说凿开就能凿开的，而且白洋淀人早走了。”

“还有一户住在你们村呢！再说，二喜和二奎也打鱼，找他们想想办法！”陈金生说。

见赵德明摇头，陈金生甩出三根手指豪气地说：“赵哥，给您三倍的价钱，每桌两条鱼，外加四荤四素八个菜。”

看时机成熟了，赵德明把烟屁股踩灭，咬牙说道：“金生，我也就冲你对老娘的这份孝心了。我去问问，看看白洋淀人能不能冬天打鱼。可我话说在前头，有鱼，我给你张罗这席面，没有鱼，你可不要怪我。”陈金生一听，脸上立马露出了笑容，他怕赵德明反悔，当下掏出十块钱塞到赵德明手中当作定金。

其实赵德明早就盘算着把大路鱼馆重新开起来的事情了。物以稀为贵，冬天吃鱼，他可以坐地起价，放着真金白银他干吗不赚呢？黄殿敖不能下湖了，可张二奎、张二喜能，他们手里有炸药。赵德明也考虑过：从二奎手里买鱼，确有些对不住黄殿敖，毕竟合作半年了，可是，谁叫你冬天不下湖呢？你没有鱼，我自然要从别人手里买。

赵德明拎着酒和烟来到张二喜家，二喜热情地把赵德明让到热炕头。赵德明刚说明来意，二喜立马拍了胸脯：“没问题，支书，夏天咱能搞到鱼，冬天咱照样能搞。”

赵德明说：“你办事一向靠谱，可是，我还是担心……”

“无非就是费点功夫罢了，您别担心，您的事儿就是我的事儿。”

赵德明忙说：“二喜，咱亲兄弟明算账，冬天打鱼不容易，我每斤鱼多给你加两分钱。”

张二喜说：“您说的什么话，您的事儿，不给钱都成。”

赵德明跳下土炕，穿好棉鞋：“行了二喜，就这么定了，两天后我来取鱼。”

听着赵德明的脚步声被西北风吹散，张二喜朝地上狠啐了一口："他妈的，给我涨两分钱，冬天的鱼，你鱼馆得翻两倍卖。"张二喜答应赵德明弄鱼还有另外一层考虑，他和二奎炸鱼终究是法律不允许的，他得找一个人结成稳固的同盟来一同抵御风险，而赵德明是最合适的合作伙伴。

二喜找二奎商量开冰炸鱼的事儿。冬天炸鱼，最大的困难并不在于炸鱼本身，而在于如何凿开厚厚的冰层。生产队留下的雷管早已经用完，二喜通过在煤矿工作的表哥搞来了炸药。他们想过用炸药来轰开冰层，炸药量计算不好的话，容易伤着人，可如果人工凿冰，那么厚的冰，他俩凿上一天也未必能凿开。

二人坐在炕头上，一边喝酒一边琢磨，当晚二喜就在二奎家住下了，除了商量开冰的事儿，他们还计划了一下明年的事业。有了赵德明的加入，他们的鱼便不用再低价卖给阿德，而是可以直接送进大路鱼馆。

二喜、二奎在炕头畅想未来，张冲在另一间屋子里跟着热血翻涌。秋天时，他不止一次提出想跟着父亲驾船进湖炸鱼，但都被二奎拒绝了。冬天好，冬天不用上船，父亲也就不能用"不会游水""船小风大"这样的理由拒绝带他了。张冲计划好了，明天早上，他一定早早起来跟着父亲一起开冰炸鱼，他还要带着黄小冒去开开眼。

第二天一早，张冲被蕊蕊的哭声吵醒。蓝花不在，张冲只得去哄妹妹。"妈，妈!"张冲大声喊着，屋里静静的。他抱着妹妹不停地晃啊晃，他心烦意乱，因此晃动得毫无章法，怀中的妹妹感受到了张冲的烦躁，哭得更加卖力。

张冲把妹妹放在炕上任由她哭。妹妹爬起来，望着张冲，脸蛋红扑扑的，咧着嘴，几颗乳牙雪白雪白的。她晃悠悠地朝张冲爬来，张冲心疼，只得又抱起蕊蕊。他从衣柜里翻出二奎的一件大衣，把妹妹严严实实地裹起来。他要抱着妹妹出去找蓝花。

走出院子，他听见街道上踢踢踏踏的脚步声和叽叽喳喳的说话声，这时街门推开，黄小冒拖着两根鼻涕跑进院子。

“张冲，听说湖边死人了，快走，我们看看去。”

张冲先是一愣，想到父亲昨晚的计划，他脑袋“轰”的一声。“谁？谁被炸死了？”张冲拔腿往外走。

“我也不知道。”

张冲把蕊蕊交给黄小冒，他顶着西北风，飞快地朝忘忧湖跑去。通往忘忧湖的土路上，挤满了去看热闹的村民，泪水模糊了张冲的眼睛，这些身影很快变得蒙眬起来。忘忧湖边聚起不少人，张冲在人群中寻找父亲，他看到了大路村的男女老少，唯独没有看到张二奎。他钻进层层人墙，看到了躺在冰面上的人。

张二喜的双腿被炸烂了，残存的肌肉连接着裤管，棉衣上，鲜血凝固成一块块暗黑色的冰凌。二喜媳妇坐在一旁哭号，赵德明指挥村里民兵去抬担架，他面如死灰，右手不住地颤抖。二喜闭着眼睛，因为疼痛，五官拧巴在一起。张冲扑倒在二喜身边，哭喊着：“我爸呢，我爸去哪儿了？”

张二喜微微睁开眼，抬手指向忘忧湖。张冲拨开人群，湖面上凌乱地散着一片破碎的浮冰，溢出的湖水在冰面上汩汩流动，原本平整如镜的湖面，像是开出了一朵晶莹的不规则的向日葵。

张冲没有看见父亲，正想回去向二喜询问，在转身的一瞬间，他突然明白了，他的父亲张二奎是在冰层下面。他发疯似的冲向冰面，脚下的浮冰刚刚凝结，踩在上面“咔嚓咔嚓”的声音四起。

湖边有人叫喊着：“张冲，快回来！”

张冲顾不得，他一直跑到那朵“花”周边。这里还没有完全结冰，湖水已经漫过了他的棉鞋。他看见一条硕大的黑鱼在冰层下面缓慢游动，他紧紧跟着这条鱼，他要凿开冰面，将那条鱼捕获。

如血残阳

一

最开始，是儿子张亮请张武和秀梅进城的。小宝的出生让张亮手足无措，饭店和小宝在争抢妻子尹一，老板娘和母亲两个身份相互拉扯着，张亮夹在中间格外为难，他是真的干不了招呼客人的活儿。小宝出生一个月后，他就迫不及待地将张武和秀梅接到了县城。秀梅在家照顾小宝，张武帮着店里干一些杂活儿。

张亮的家在县城某一栋高层中，张武和秀梅搬进来以后，每一块空间都变得拥挤起来。主卧自然是张亮和尹一睡，秀梅和小宝住在次卧，张武在原本就不宽敞的客厅搭了一张折叠床。84 平方米的房子，束缚住了三代人的起居。

一个月后的一天，秀梅在吃饭的时候提出要在小区里租一套房，她和张武搬出去住。为了得到儿子的支持，秀梅最后不忘补充一句：“你帮我们找找看，租房的钱我和你爸拿。”

秀梅这句话不但没有起到预期的效果，反而让张亮格外难堪。这个已过而立之年的汉子继承了张武的脾气秉性。他把碗放下，慢慢地咀嚼着嘴巴里的食物。

张亮说话了："咱们这么住着不是挺好嘛。"

张武沉默着低头扒拉碗里的饭。让爹娘出去租房住，这事儿要是传出去，儿子的脸面往哪里放？张亮就是年轻时候的张武，张武知道儿子的想法。

尹一把碗一推："我去看看小宝！"说完她起身走向次卧，屋子里面，小家伙睡得正香。张武飞快吃完碗里的饭，逃去楼道里抽烟。此时饭桌上只剩下张亮和秀梅，秀梅提出的一场表决成了母子二人的角力。尹一和张武已用行动将他们的票投给了张亮。张武为了张亮的面子，尹一为了张亮的钱包。而这些，秀梅又何尝不明白呢？

秀梅不喜欢城市，或者说，秀梅对乡村的热爱远高于城市。不少农村人对城市充满向往，仿佛住在楼上是一种进步，一种身份的象征。可在秀梅眼里，城市中永远有车在街上奔驰，永远有人在匆匆赶路，楼房就像是鸽子笼，憋得人喘不过气。她不愿意在城里生活，尤其不愿意和儿子一家三口挤在这个狭小的空间里。她的排斥并不是心血来潮。有一天晚上，她躺在床上迟迟难以入睡，一种似曾相识的声音在空气中动荡起来。很快，她明白了，这声音来自隔壁的卧室。尹一和张亮克制着自己，可是那克制的声音还是钻出了一道门又钻进了另一道门里。

她穿上拖鞋去客厅倒水。张武的呼噜声在客厅回荡，这呼噜在她耳边响了三十多年，每天晚上她枕着呼噜声才能睡得安稳。可是在城里，呼噜声被抛到了客厅，她的睡眠也被张武带走了。

月光照进窗子，她看见张武的半张脸融化在月光中，这半张脸像是冰块，熄灭了她体内一半的热，“咕咚咕咚”喝了一大杯水后，另一半热也被熄灭。她回到卧室，轻轻带上房门，把月光关在了卧室外面。

这是秀梅的秘密，在黑夜中等着一场潮湿的幻觉。有时候，即便暗处什么声音也没有，她也能从静谧中分析出一些暧昧的讯息，这让她深深自责。她渴望回到充满野性的村里或者有一个她和张武独立的空间。自从在饭桌上被张亮拒绝之后，这个愿望在秀梅心中越发茁壮。

失眠让秀梅的神经变得格外虚弱。白天，她的每一分钟都在为别人而活。每天张武是第一个起床的，她要给张武做饭，收拾买菜的钱和工具。小宝偶尔会在这时醒来，喝一瓶奶再昏昏睡去，伺候完张武和小宝，通常她还能眯一小会儿，之后张亮和尹一起床了。

凌晨的时间分给了四个人，白天时，她要一刻不停地关注着小宝。不满一周的小家伙已经会爬，会“咿咿呀呀”讨要自己好奇的东西。他要吃，一天吃四五次，奶粉、鸡蛋羹、蛋白粉，每一次吃的都不一样，秀梅得时刻陪在小宝左右。

在小宝睡着的时候，她又开始做四个人的饭。一顿饭通常需要三个菜，择菜、洗菜、焖饭、炒菜，其他家务活儿她根本顾不上做。好在尹一是个好儿媳，每天从餐厅回来，不管多累，她都会给一家人洗洗衣服、简单打扫一下屋子。

生活给每个人安排好了角色，周而复始，这让秀梅喘不过气。她的头发大把大把地掉下来，眼睛也总是干涩生疼，她不再奢求能有一方只属于她和张武的小世界了，她只想小宝快点长大。

可是，小宝长大了，上学、放学还需要她来接送。这也是生活安排好的任务。她在这个小区里没有朋友，家人又忙忙碌碌，每天只有小宝哭了、笑了能够牵动她那衰弱的神经。

想不到活到了58岁，她竟然发现活着是一件累人的事儿。

二

张武是在一个下雨天里意识到自己是在给儿子打工的。

那天，天空阴了一上午，午后先是起了一阵风，紧接着小雨淅淅沥沥下了起来。雨不紧不慢，没有停下的意思。到了五点半，饭馆里仍旧没有一个客人。尹一慵懒地靠在吧台上，两个服务员趴在餐桌上玩游戏。张武在大厅和厨房转了两圈后，坐在餐厅门口台阶上抽起烟来。张亮站在餐厅门前，望着细雨中空荡荡的大街深深地叹了口气。这声叹息老气横秋，张武闷声闷气地说："着急有啥用，客人该来总会来。"

张亮低头看了眼父亲："这狗日的雨，下起来没完。"说完他挨着张武坐下，点着一根烟。父子二人吐出的烟雾很快在雨中消散。

"爸，要不你先回去吧。"过了一会儿，张亮颓丧地说。

张武把烟掐灭："我回去也没事儿!"

"也没客人，我跟尹一留这儿就成。"张亮随口说道，"您跟着忙活这么久了，就当放假吧。"

张武走到吧台前，端起茶缸子"咕咚咕咚"灌了几口茶，他的心随着茶水一点一点凉下去。他从吧台下拿起外套，背着手走出了饭馆。

放假，他把老子当成伙计了?

他还记得当年是谁出钱帮他盘下的小店吗?

老子这辈子给谁打过工?

张武气呼呼地走着。每天从饭馆到家大约需要二十分钟，这天张武忙着生气，仿佛只走了两分钟就到了家。可就在这两分钟内，张武的气已经消磨掉了七八分。这世上有哪个父亲会真的跟儿子计较呢?

走到单元楼下，雨停了。可天空仍旧阴沉沉的。张武看着灰蒙蒙的天，饭店里会不会来了客人?张武想回去，一转身，儿子刚才对他讲话的态度与神情又浮现在眼前，回去的念头被瞬间浇灭。他背着手，从容地爬上三楼。

小宝在闹觉，哭得小脸红扑扑的。张武心疼，想过去抱，秀梅一把将他的手推开。

"中午没睡，赶紧让他睡一会儿。"秀梅抱着小宝，在客厅里转啊转，不一会儿小宝的哭声小了，他在秀梅怀中进入梦乡。

张武走进次卧，看看小床上的孙子。小小的手，小小的脚，眉宇间那股子劲儿像极了小时候的张亮。看着孙子，张武心底里乐，儿子对他的不敬也就烟消云散了。

秀梅问张武为什么回来得这么早，张武不说话，重重地“哼”了一声。秀梅猜出了七八分，也就不再细问。现在，这八十多平方米空间里，只剩下她和张武两个人了。

想到这，秀梅心里潮湿起来。

“咱们回大路村吧！”秀梅小声说。

张武莫名其妙地看着秀梅：“咋？”

“这里憋得慌。”秀梅说。

张武挨着秀梅坐下，想了想说，“等冬天吧，顺便回去收点山货，正好店里缺。”

张武没有明白秀梅的意思。秀梅“腾”地站起来，“回去一两天都不成么，离了咱，他们还不过了？”

张武被秀梅莫名其妙的怒火烧得措手不及，他看着一向温和的秀梅，张着嘴却一句话也说不出来。秀梅走进卫生间，张武跟着堵在门口。张武看着秀梅在洗手池边洗脸。秀梅将脸上的水渍擦干，一张面色暗黄的脸直直对着张武。

这一次，张武在秀梅脸上看到了她的心事。

秀梅伸手把张武拉进卫生间，然后轻轻把门关上。在这个狭窄的、公共的、碍不着任何人的小空间里，张武和秀梅完成了一次仓促的交融。

张武不知道，卫生间是秀梅经过了深思熟虑后才选择的地点。84 平米的空间并没有适合他们做事儿的地方。次卧是秀梅和小宝的领地，客厅的小床太过寒酸，而且客厅无遮无拦，万一张亮和尹一回来，他们根本没有收拾残局的时间。

所以只有卫生间，门一关，即便有不速之客，一道门也能将他们这可怜的隐私保护起来。

时间在忙忙碌碌中溜走，秀梅守着小宝，看着他学会了坐、学会了爬，看着他顶出了第一颗乳牙，摔了第一个跟头……张武守着小店，他能从菜市场的小贩们手中买到最新鲜的蔬菜，他能熟练地上菜、收桌，客人多的时候，他还能在后厨帮忙打荷……小宝在一天天长大，小店的生意在一天天好起来，而秀梅和张武却在一天天衰老。

一开始，张武只是觉得很累，那是一种和做农活不一样的累。当他蹬着三轮车满载着蔬菜回饭馆的时候，双腿总是在打战。他痛苦地计算自己的年龄。

不知不觉就五十九了。

难道五十九岁的他连一辆小三轮车也征服不了了吗？

每天他都得拼尽全力才能将菜准时送回餐厅。速度慢下来了，他不得不从时间上给自己留有余地。他开始提前半个小时出门。他告诉秀梅和张亮，早一点能抢到新鲜的菜。只有他自己知道，每次都需要在路上歇息两次，他才能攒够继续蹬车的力气。

有一天，秀梅发现张武的眼眶有一些肿胀，她认为是张武起得太早所致。她给张武煎了鸡蛋，她张罗着让张武早点睡，甚至拿了冰块给张武去肿。可是，肿胀不仅没有褪去，反而开始在他脸上蔓延。这时候，张武的身体也开始消瘦起来。肿胀让张武的脸慢慢变形。一个瘦弱的躯体支撑着一个硕大的头，这让张武看起来格外滑稽。

这时，张亮终于意识到该带父亲去医院检查一下了。

张武的肾出了问题。一种不可逆的病症，让他的代谢变得异常困难。“肾病综合征是什么病?”张武没有听说过这个疾病，他固执地问那个年轻的医生，“我什么时候能好?”

医生没有直接回答，这让张武很是恼怒。他指着自己肿胀的脸问：“我脸上的肿，你给开点药啊!”他还不知道，自己那已经千疮百孔的肾脏以后还会变本加厉让他的其他部位发肿。

从医院回来的第二天，张武没有去市场买菜。张亮新雇的一位杂工代替了张武。

在饭桌上，秀梅郑重地宣布：她和张武要回大路村了。

张亮再一次明确地拒绝了秀梅。他列举出一系列住在城里的必要。看病方便，生活便利等等，做了老板的儿子讲话总是一套一套的。

秀梅和张武闷着头吃饭，张亮的独角戏唱得自己都烦了。那边，张武心底的凉气却在慢慢聚集。他在儿子的语气里，听到的是一个老板对员工的指挥。不过他知道，他是不会和自己的儿子一般见识的。

他放下碗，慢慢咀嚼着嘴巴里的食物。

“明儿你早点起，把我们送回去。你要是起不来，我们就搭公交车回去。”张武已经很久不发号施令了，在城里生活的这三年里，张武一直做着一名合格的父亲，给一家之主的儿子足够的颜面。

现在，他去意已决。于是，他变回了一家之主。面前的老板张亮也就又变回了儿子张亮。

张武吞咽下最后一口饭，起身走出餐厅，他要去楼道抽烟了。

吞云吐雾间，张武心里默想：老子还是老子，儿子也终归还是儿子。

三

山里的雪和城里的雪是不一样的。山里的雪更轻盈，更安静。在夜色中，整个村子笼罩在漫天的雪花里，山石沉默，树木无声，只听见雪花在窃窃私语。凌晨时分，天空泛起了白，整片山野浑然一色。雪势终于小了。

三婶子倒尿桶，推开街门，一眼便发现门前雪地上的两辙新鲜的车印。车辙印从村外一直刺进村里，经过三婶子家门前，在隔壁张武家门口乱了。她拎着空桶慢慢走到邻居家门口，探头探脑地向里张望。院子里一床雪被干干净净，两行脚印延伸至正房。

三婶子一只脚迈进大门，扯着嗓子喊："是小梅回来了不？"

院子里很安静，她的声音淹没在雪地里。过了好一会儿，房门"咣当"一声开了，秀梅出现在正房门口，她穿着一件半新的红色羽绒服，一张脸蜡黄蜡黄的。

"回来了，婶子！"她站在门口，既没有出来的意思，也没有让三婶子进来坐坐。

“回来住几天?”

“这回，我们就不走了!”

“哦。”三婶子拎起桶，退出院子，“回来好，回来好。金窝银窝不如自己的小窝。回头你们来我屋，咱们坐坐。”

秀梅脸上挤出一个笑容，一道道皱纹生动了起来。“成，婶子。”

“你们先收拾着。”三婶子的背影在大门口一闪，“咯吱、咯吱”的声音渐远了。

不到半天时间，村里人都知道了这个秘密——张武得了肾病。这本不是一个秘密，张武那肿胀的脸暴露了一切。

三婶子和村里人说起张武的时候，眼睛里总是泛着晶莹。“你说多好的人，偏偏得了这么个病。原本在县城儿子那儿住得好好的，两口子不愿意拖累孩子，这不就搬回来了。”随后，她总是长长地叹一口气，“唉，儿子啊，到底靠不住哦!”

村里的十几户老街坊一个接一个拎着鸡蛋、挂面、罐头等他们自认为对张武病情有益处的吃食走进院子，和张武唏嘘一番后他们发现，张武似乎并不像三嫂子说的那样。他们以为张武大限将至，可眼前的人除了脸上有些浮肿，皮肤有些暗黄之外，他仍旧照常递烟，有说有笑，干活做事，一点儿不耽误。

回到大路村的第一晚，张武和秀梅失眠了。

三年不见，秀梅心心念念的大路村已经变了样子，三四座拔地而起的二层小楼鹤立鸡群，打破了村子原本的格局。

几个在城里赚了钱的年轻人把老房子推倒，建起了中西混血的建筑，年轻人仍旧回城里奔波，富丽堂皇的建筑里住着他们风烛残年的爹娘。

隔壁的小楼是今年夏天建成的，小古给她母亲安装了日本进口的抽水马桶，可是等儿子走了以后，三婶子仍旧去街上的旱厕方便。“那玩意儿费水又费电，日本的东西，没啥用。”三婶子说。

三年，在城里生活了三年。张武和秀梅又回来了。兜兜转转一圈，他们一无所获，除了一身疾病和对孙子小宝的思念。

二人躺在睡了二十多年的土炕上，窗外刮着凌厉的风，灶膛里呼呼燃着火。张武听见秀梅一次次地翻身。身上的痛苦是可以忍受的，可心中的痛苦却没有办法治愈。

秀梅轻轻叹气，张武嘟囔着：“叹什么气，回家不挺好的吗！”

黑暗中，秀梅的声音传来。“我是在想，尹一知不知道小宝的雪地靴在哪儿放着呢？”

秀梅这一提，张武也忍不住对孙子思念起来。张武给小宝讲过，自己小时候在山里套麻雀的事，现在下雪了，正是套麻雀的好时节。两个人在黑暗中诉说了一会儿关于小宝的趣事，彼此交换着叹息。

这时，张武感觉自己的被子被掀开了，随着一股凉风进来的是秀梅热气腾腾的身体。秀梅趴在张武胸膛上，曾经厚实的胸膛，如今变得崎岖不平。秀梅轻轻抚摸着张武，疾病正在一点点蚕食他的身体，作为妻子，秀梅却无能为力。

不一会儿，张武感觉胸口上湿了。

风将天上的云吹散，月亮明晃晃地照进窗子。土炕上，张武和秀梅共享一张被子。张武用粗糙的手给秀梅擦掉眼泪，他满含歉意地说：“肾坏了，男人也就算废了，只是苦了你。”秀梅瘦弱的胳膊紧紧箍着张武，仿佛她一松手，病魔就会从她手中将张武抢走一般。

四

雪盖了一个冬天，春风吹来的时候，地面上的积雪还没完全融化，已经有绿生生的小草顶破了土皮。土地湿润的气息在大路村上空飘荡。

张武披着夹袄，在院中南墙根处丈量着。一个劳作了一辈子的农民，只要一天没有倒下，他就还要干一天的活儿。秀梅将饭菜端上了桌，招呼张武进屋吃饭。

在大路村生活了一冬天，现在秀梅的气色好多了，土炕给了她安稳的睡眠，洁净清爽的空气让她脸上的细胞焕发新的光彩。她还是很瘦，但已不是那种病态的瘦，脸上恢复了血色。张武还在肿着，一瓶瓶各色的药片并没有让他身上的肿胀消失。

此刻，两个花甲之年的老夫妻对坐在餐桌上。

秀梅问：“这几天你一直在院子里转啥？”

“我要养羊。”

张武说的是“我要养羊”而不是“我想养羊”。所以，这不是在跟秀梅商量一件事，而是在通知她。秀梅知道张武的脾气，把到嘴边的话又咽了回去。

张武请来了村里的瓦匠老单来帮他盖羊圈。盖羊圈的砖石是张武从村外垃圾场拉回来的，这几年村里盖洋楼，不少旧砖旧瓦还能用，就直接被丢到了垃圾堆。

盖羊圈这种小活儿，老单干的很顺手。年轻的时候，村里一多半的房子都是他盖起来的。他戴着眼镜，在和煦的阳光中，挥舞起他的瓦刀，一块块颜色造型不一的砖头，便整齐地码成了一道笔直的矮墙。

老单并不急着完工。村里的习俗，手艺人干活东家是要管饭的，老单妻子走得早，现在光棍一条，能混一顿饭是一顿。张武也不着急，他和老单年龄相仿，两人搭伴干活聊聊天让他挺舒坦。

秀梅每天变着法给张武和老单做饭，老单吃得满嘴流油，不住夸奖秀梅的手艺。有一天下午，两人喝了点酒，借着酒气，老单落寞地说：“这两年，村里盖房用的都是外地人，他们盖房子不搭架，一层砖垒起来就是一面墙，房顶铺点钢板再一粘瓦，一栋房子十几天就糊弄完了，这活儿太糙了。”

张武说：“现在城里都这么干，咱们以前立柱、搭架上梁的太费工。”

老单叹了口气，端起酒杯喝了口酒：“你说是不是咱们老了，可我总感觉还没活够呢!”

张武说：“我土都埋到脖子啦，活不活也就那么回事儿了。”

秀梅从外屋进来，端着一盘炒猪肝，热气将她的脸打得红通通的，她生气地望着张武：“怎么就活呀死呀的，这么多菜也堵不住你的嘴。”

张武笑了，从秀梅手里接过菜摆在餐桌中央。老单看着秀梅，想起了自己去世多年的媳妇儿，内心越发悲凉。“我家那口子要是还活着，如今也五十九了。”

秀梅再进屋的时候，看见老单眼睛里亮晶晶的。这个男人不差，做活种地样样都行，就是命苦了一些，媳妇留了一个女儿早早走了，如今女儿嫁到了南方，活了一把年纪，最后就剩下自己。

秀梅拿起酒瓶又给老单满了一杯酒。

“向前看吧，老单哥，往后日子还长着呢！”

老单是个好匠人，他不着急，并不代表着他偷懒。一周时间，一个坚固的羊圈在张武院子里出现了，羊圈门一时间找不到合适的，就先空了下来。老单说，啥时候羊到了再装也不晚。

进了惊蛰，张武通过村里人谷子联系到了羊贩子。这天他去镇上接羊，老单按约定过来安圈门。春天的阳光暖洋洋地照在山坳坳里，老单扛着铁制圈门走进张武家，秀梅正在院中洗衣服。她擦了把手上前帮忙，两人很快将门嵌在了圈墙上。

老单去洗手，看到了水管旁盆子里的内衣。他好多年没有亲眼见到紧贴女人肌肤的衣物了，他盯着盆子看了几眼，扭头再看秀梅时，目光中就多了几分温度。

秀梅快步走过去将脸盆端进屋子。她的脸上火辣辣的，仿佛自己被老单看穿一般。老单洗了手，在院子里站了一会儿，他见秀梅迟迟不出来，只得冲着屋子喊："秀梅，那我先走了啊，还有啥活儿让张武跟我说。"

秀梅听着老单的脚步渐渐地挪出院子，她洗内衣的手停了下来。她站起身，向院子望去，院子里空荡荡的，她的心里也空荡荡的。此刻她脑中出现老单干活儿时袒露出的那两条健壮有力的胳膊，黝黑的皮肤上跃动着火。

她在渴望着，可是这份渴望又是被禁忌的。她狠狠地抑制着自己躁动的内心，轻轻揉搓着内衣。秀梅端着洗衣盆走到院子里，将内衣挂在衣架上准备晾起来，一抬头，她看见门口的老单正用一双火一样的目光望着自己。

老单又返回来了，并且这次老单带来了一团火，这团火太热烈了，秀梅毫无招架之力，"轰"的一声被点着了。

五

大路村长在一处山洼洼里，耕地不多，要在大山上垦出一块平整的土地给玉米麦子生长不是一件容易的事，所幸山上草木茂密，养羊成了大路村的另一份产业。

大路村的山羊肉在县里曾经很出名。后来内蒙古的羊肉涌进华北市场，大路村的羊群就一个个消失了。到了这一年，大路村的山上只剩下了两群羊，其中一群就是张武的。

二十只羊，一多半正值壮年，还有两只羊羔和一头老羊。老羊是羊贩子送的，羊贩子和谷子是好哥们儿，谷子和张武也是好哥们儿，于是羊贩子跟张武也就成了好哥们儿。羊贩子把老羊牵给张武时说："这只羊通人性，有了它，羊群准保丢不了。"

夏天来了，张武和谷子的羊群散开在绿油油的山上。张武走不了太远，让羊有的吃就够了。谷子每次都把羊赶到山沟里，那里有山泉，草嫩，羊吃了长得壮实。大山上只有两个老人和两群羊，这让整座山显得格外寂寞。谷子有一个收音机，一进山就放起歌儿。只要远远听见宋祖英的歌声，这就说明谷子来了。

夏去秋来，羊羔在一天一天长大。这一年，张武的羊群多了三只小羊。他盘算着，用不了三年他就能将买羊的钱赚回来。虽然他的肾坏了，可是张武仍旧能够自己养活自己。只要能够自食其力，活着就还有劲头。

那天中午，张武到了后山，想起自己忘记带收音机，在山上，如果没有个人声儿，是没有办法熬活的。张武犹豫了一下，最后挥起鞭子赶着羊下山。

先是家门口的一辆自行车引起了张武的疑惑，他仔细辨认，确定这车属于老单。紧接着反锁的大门让他的疑惑越发深厚。羊群在门前散开，各自寻找路边的野草。张武透过门缝，听见院子里安安静静，他的心扑通扑通跳起来，一股火气在胸口乱窜。他把鞭子插在门口，踩着墙边的石头，一纵身翻进院中。

走向正房的这段路上，张武感觉自己的腿在颤抖。窗帘拉着，屋子里传出的声音他是熟悉的，可这次，秀梅那熟悉的声音却像一把把刀子狠狠戳进张武的五脏六腑。

血在他体内燃烧，他想骂人，可他的嘴不住地颤抖着。屋门插着，张武先是推了两下，突然狠狠踹了一脚，屋子里声音骤然停下。张武感觉自己喉咙里仿佛有一团血在往上涌，伴随着一阵剧烈咳嗽，他一屁股坐在门前的台阶上。

现在，在身后属于他的屋子里，秀梅正和另一个男人在偷欢。

张武颤抖地点燃一根烟，每吸一口都换来一阵咳嗽，烟雾在肺里刺激着，给张武带来清醒。秀梅在屋里颤抖着喊了一声“张武。”张武没有说话，他慢慢把烟掐灭。外面，羊群“咩咩”的叫声传来。他踉踉跄跄地站起身，走过院子推开大门。老羊站在门外，一双浑浊的目光盯着张武。张武从地上捡起鞭子，随后一脚将老单的自行车踹倒。

隔壁三婶子悄悄探出了头，张武就在三婶子同情的目光中，领着羊群向后山走去。

张武跌坐在树下的一块石头上。如果在四年前，他一定会冲进去和老单干一架，他还会灌一顿烈酒，甚至痛快地把秀梅打上一顿。可是现在，张武没有多余的力气和脾气，他是一个病人，一个黄土已经压到了脖子上的病人。

他想起三婶子多次提醒自己“看好家”。一开始，他还以为三婶子上了年纪，人也变得碎叨，现在看来，自己的“家”早已被秀梅给偷偷拆得七零八落了。张武看着在草滩上吃草的羊群突然羡慕起来：做个畜生多好啊。

这片草滩曾经是一片玉米地。四十年前，生产队号召“开山造田”，山被一片片垦出台地种上庄稼。几十年后，庄稼地又变回了荒地，丝毫没有人工经营的痕迹。几十年的奋斗，到头换来的却是一场空。

宋祖英的歌声由远及近，当谷子坐到他身边时，张武才意识到太阳快落山了。张武的羊群淹没在谷子的羊群中。谷子递给张武一支烟，两个老伙计坐在老树下“吧嗒吧嗒”地吸着。

“修高速公路占了头营村地，人家一下子出了十多个百万富翁。”谷子说。张武垂着头，闷闷地“哼”了一声。山的影子投在对面的山上，山坡一半墨绿一半金黄。谷子突然发出“吁”的一声，随即一声脆生生的鞭响在山谷间回荡。“烂屎货，咋这么没出息呢。”张武抬起头，看见谷子家的一只公羊正弓着腰腾在自家的一只母羊身上。

谷子“嘿嘿嘿”地笑了：“这骚情的！”说着手中的鞭子又狠狠凌空抽了一下。

这时，一块土坷垃砸在公羊的屁股上，公羊浑身一哆嗦，从母羊身上跌落下来，“咩咩”叫了几声钻进一旁的羊群中。母羊不知发生了什么，瞪着灰灰的大眼睛望着自己的主人。

谷子心疼了，养羊的人都把羊当成心尖尖。他转过身冲着张武吼了一嗓子，“它个畜生，你跟它有啥仇！”说完，鞭子一甩领着羊群朝山下走去。

羊群分成两半，留下的羊不知道两位主人间发生了什么，它们疑惑地望着张武，老羊窝在张武身边，悠闲地反刍。张武得胜似的望着谷子和他的五十只羊慢慢变成了小点，最后融化在山村中。可那份胜利的喜悦并没有维持太久。

太阳已经掉到山的那边，他得回家，面对那血淋淋的现实。

秀梅坐在餐桌前，桌上倒扣着两个碗，菜已经热过两遍了。羊群踢踢踏踏地跑进院子，她听见关圈门的声音。张武裹挟着一股浓浓的羊膻味走进屋，秀梅站起身盛了一碗饭放在桌子一旁。

张武坐下，端起碗大口地扒拉着米饭。桌上一盘西红柿炒鸡蛋，一盘芹菜炒肉。此时的餐桌上多了一丝诡异。张武总是前一步夹起秀梅准备夹的菜，他并不吃，他只是单纯不想让秀梅吃。六十岁的张武像极了六岁的张武，只不过这不是恶作剧，而是两双筷子的争锋，张武的每一次“进攻”都夹杂着满腔怒火。

秀梅放弃了这种屈辱的对抗，她放下筷子，进屋拿出两张已经褪去了颜色的结婚证放到桌子上。张武瞥了一眼结婚证，立马明白了秀梅的意思。

“离婚？他妈的！”张武一把将饭碗摔在地上，米粒儿在地上四散。“看老子快死了，急着甩了我这个累赘，跟那个光棍去过，你还要脸不？你让村里人戳你脊梁骨不够，你还让我儿张亮活人不?”张武的每一句话都像一把尖刀，深深扎在秀梅的胸口。秀梅胸膛一挺一挺，她的大眼睛里涌出泪水。

“你别这么说，我也不好受。”

张武根本不给秀梅辩解的机会，一把将桌子掀了，“叮叮当当”盘子和碗碎了一地。秀梅不说话了，蹲在地上“呜呜”哭起来。张武也坐下来，大口咳嗽着。他的身体就像一架老风箱，呼啦呼啦，似乎随时都有可能散架。

秀梅起身端过一杯水递给张武。她的眼泪还没干，走进屋，趴在炕上又痛痛快快地哭了起来。黑夜已经彻底将屋子填充。秀梅哭够了，开了灯，张武仍旧坐在外屋那一片狼藉之中。

“你把存单给我拿过来!”张武说。

秀梅愣了一下，没有明白张武的意思。

“我让你把存单给我。”

秀梅起身在箱子里搜索着。

张武从地上捡起那两张结婚证，照片是黑白的，上面的张武二十三岁，秀梅二十二岁。当时的结婚证还是手写的，字迹已经泛黄。四十年说没就没了，他走进屋子，把结婚证放在炕上。秀梅翻出两张存折，张武拿过来，看了一眼存单上的数目，装进了口袋里。

张武想好了，绝不能把这辈子辛苦赚来的钱，留给老单那个王八蛋。

六

张武给谷子买了一包烟，托他帮忙放一天羊。从谷子家出来后，张武骑着摩托车直奔县城。

存折上的八万块钱是这几年张武和秀梅的所有积蓄。他走到银行柜台前，对业务员说：取钱。业务员看了一眼存单对张武说："大爷，您这个单子还没到期，现在取，折利息。"张武摆摆手，"取，都取出来！"业务员还想再说什么，可是她看见张武那肿胀的面容，就顺从地办理了取款。

张武接过那八摞百元大钞。他把钱放进随身带的一个帆布包里。挎着一包钱的张武首先出现在一间西餐厅里。这是县城最好的餐厅，服务员看见一身农民打扮的张武进来，迎上去笑盈盈地问："大爷，您是找人吗？"张武环视着装修得富丽堂皇的餐厅说："不，我吃饭！"

张武挑了一个靠窗的位置坐下，西餐厅的椅子真软和，比儿子店里的强了百倍。张武戴上老花镜看菜单，服务员站在张武身边，微微倾着腰。张武心里暗暗地骂：一份儿面条要 58，一份儿果汁要 48，这不是抢钱吗！

可是，他转念一想：一辈子就来这种高档餐厅吃一次饭，怕什么！

张武开始点餐了："给我来份儿牛排，来个这个鸡翅，这个汤也要一碗。"张武指着菜单说。

"牛排您要几分熟？"

“几分熟？七八分吧！”张武尽量从容地回答，“你们这儿有米饭吗？我要碗米饭。”

服务员保持着微笑：“对不起大爷，我们这儿没有白米饭，这有炒饭，您可以看一下。”一份儿炒饭竟然要38，张武随便指着说：“就这个吧。”

这顿饭张武吃得并不开心，他每吃一口都在计算这一口吃掉了多少钱，牛排和鸡翅他能吃得下，可是那一碗浓汤就像涮锅水，炒饭也不知道是添加了什么料。张武咬着牙将桌上的东西吃完，感觉胃里翻江倒海的。

他叫过服务员算账，服务员双手递过来一张清单。张武这顿饭吃掉了308。他又开始心疼起来。三百多块钱，十几斤羊肉了。他伸手去包里取钱，服务员就在旁边，张武向前倾了倾身体，挡住帆布包，手伸进去在一摞钞票中，捻出四张交给身边的服务员。

走出西餐厅，张武决定再去给自己买一身衣服。他走进商场，走过一个个卖衣服的店面。走到一家卖运动装的店里，他停下来。一套红黄相间的运动服，他感觉很像电视里某个运动员穿的。

“这件衣服拿下来，我看一下！”张武对售货员说。

售货员把衣服递给张武，“大爷您是给儿子吗？”张武说：“我自己买！”

“哦，”售货员说，“如果是您买的话，我建议您买这个色系的，符合您的年龄。”售货员从衣架上拿下一套纯黑的衣服。张武想：这么多年我穿的衣服都是黑的，现在我要换一下。

“我不能穿这个？”张武指着手中的运动服问售货员。

售货员笑了：“大爷，其实您穿这个也合适，显得年轻了好几岁！”

张武拿着衣服在一面镜子前比试着，这时那面镜子突然动了，一个中学生从镜子后的试衣间走出来。初中生身上穿着正是张武手上那件红黄相间的运动服。

张武说：“就这个了，给我包起来！”

售货员问：“大爷，您要这件吗？不再看看别的衣服？”张武摇摇头。

不一会儿，售货员递过来一张小票，688 元。

张武越想越生气：一件单衣，怎么就能值七百块钱呢？拎着轻飘飘的七百块，张武再没有逛下去的心情。

从商场出来，他骑着摩托车在城里漫无目的地转，最后竟然到了张亮的店附近。是的，他在县城最熟悉的也只有这家小店了。张武停好摩托车，背起包走进饭店。尹一一看进门的是张武，诧异地说：“爸，您过来咋不提前说一声！”

“我坐会儿就走！”

还没到饭点儿，小店里的桌子都空着，小宝趴在靠近吧台的桌子上，盯着手机上的动画片，张武坐到小宝对面，“想爷爷没？”小宝抬头看了眼张武，随后又把视线投到手机上。

张亮挂着围裙走出后厨，他拍了拍小宝的头：“喊爷爷没！”

小宝奶声奶气地叫了一声“爷爷”。张武的脸上就绽放出了一朵花。

“爸，来医院检查?”张亮问。

“没，来转转!”

祖孙三代围坐在一张小饭桌前。

“今儿晚上回去不?”

“回，我坐会儿就走!”

“我妈身体咋说?”张亮问。

提起秀梅，张武一时语塞。

“我妈咋了?”看见张武表情不对，张亮追问。

“哦，没事，我们都挺好的。”张武搪塞着。

尹一上卫生间，张亮走到吧台，从收银箱里数了十张百元大钞塞给张武：“爸，你给我妈买点肉和鸡蛋。”

张武不要，张亮硬塞，正在拉扯着，尹一从卫生间出来，张武不再拒绝，把一沓票子留在口袋里。尹一自然知道张亮和张武在拉扯什么，她什么也没说，张罗着去给张武做饭。

张武逃似的走出餐厅，摩托车刚驶出这条街，张亮的电话就来了，说张武的衣服落在了店里。

张武说：“送你了。”

女职员正在清点现金，张武进来了。他走到柜台前，把八摞红色纸币拍到柜台上。女职员头也不抬，“快下班了，存钱的话去自助存款机吧。”玻璃外面的人没有动，女职员抬起头，看见了张武微微发肿的大脸。

“我不会用那玩意儿，你帮我存一下!”张武说。

女职员愣了一下，这个奇怪的男人早上从这里取走了八万块钱，现在又原封不动地拿了回来。

“大爷，我这边确实忙不开，要不您去旁边柜台上？”

“没事儿，我等你，不着急！”

透过厚厚的玻璃，女职员被张武看得浑身不自在。她放下手中的钱，冲着张武招了招手：“来，我先给你存吧。”

“八百。”点钞机冷漠的报数。女职员把钱收好，拿着张武的身份证开始办理存款手续。“大爷，您这一取一存，几百块钱利息可就没了。”

张武没有说话，傍晚的夕阳正好从银行的玻璃窗上透过来，洒在张武身上。女职员把存折和身份证通过窗口递过来，她看见正襟危坐的张武周身散发着金色的光芒，就像一尊佛。

七

张武没有心思养羊了，现在只要他一出山放羊，脑子里就会涌现出老单和秀梅的身影。有时候，他一天能下山两次，确认自己的“家”还在。有的时候，秀梅会跟他一起上山放羊。可是家务和饭食没有人做，这仍旧是一个问题。信任危机抽打着这对老夫老妻，张武痛苦，秀梅也痛苦。

秀梅的痛苦甚至要比张武更深一些。从第一次和老单在一起时，痛苦就跟她如影随形。她已经 60 多了，曾经饱满坚挺的乳房早已经软软地垂下来了，她的皮肤也早失去了光泽，可是，她的身体里仍旧蕴含着热情与渴望。

当老单腾在她的身上时，她闭着眼睛，张武就在她眼前一晃一晃。

她对老单更多的是同情，这份同情和老单健康的身体促成了她的选择，她背叛了自己深爱了四十多年的男人。每一次和老单结束后，她都急匆匆地穿好衣服，将老单轰出家门。每一次看着老单摇摇晃晃走出院子，秀梅都暗下决心，这是最后一次，真的。

可是几天以后，老单再一次出现在门口时，她又鬼使神差地把老单让进了屋。

“你可毁了我了。”

有一次和老单做完，秀梅瞪着他恶狠狠地说。老单正在穿裤子，他没有听清秀梅说的是什么，没头没脑地问：“毁了啥?”

秀梅看着眼前这个老头子，嘴里有一多半是假牙，他的脸上遍布着皱纹，年轻时做活儿在他的手掌心留下了厚厚的老茧，当老单用布满老茧的手抚摸秀梅的身体时，那种粗糙的感觉，戳进了秀梅肌肤深处，痛快地熄灭了秀梅身体里的火焰。老单比张武大两岁，可他有着比张武健康的身体。

秀梅对张武心怀愧疚，于是拼命讨好张武。每天张武放羊回来，她都早早地打好洗脸水放在窗户边，张武洗完脸洗完手坐下就能吃到热乎乎的饭菜。张武的衣服上总是染着羊膻味道，秀梅就一遍一遍地给他洗。

她默默地等着，等张武发现的那一刻。

那天，当张武的踹门声响起时，老单没有撑稳，一下子趴倒在秀梅怀中。张武的咳嗽声从窗外传来。秀梅心疼，急着想去给张武开门，老单一把拉住她，两人的衣服都还没穿。他们两个就这样赤裸着，一直等着张武的咳嗽声停止，然后开门声传来，张武领着羊群走了。

秀梅的魂跟着丢了，她知道，张武的心已经碎成了渣。张武啊，这个男人爱护了她四十多年，如今她竟然如此折磨他的心。她把这份自责换成怒气，老单的裤子还没系好，秀梅就粗暴地将老单推出了屋子。

她倚在门上，泪水止不住地掉下来。过了一会儿，一个可怕的念头涌上心头：张武身体垮了，现在精神也垮了，他会不会想不开？

她穿上外衣，跌跌撞撞地朝后山冲过去。远远地，她看见张武坐在树下的大石头上发呆，他的头发枯草似的贴在头皮上。她决定过去向张武认错，即便挨上几鞭子她也认了，只要能让她的男人解气，只要张武能原谅她，只要张武不离开她。

可这时，谷子的羊群从山上下来了，羊群冲散了秀梅的勇气。她逃似的回了家。呆坐了一会儿后，秀梅失魂落魄地翻出了两人的结婚证。这两张薄薄的纸片是她最后的底牌，她做了决定，如果张武选择了离婚，她就去死。没有了张武的日子，活着还有什么意义呢？

最后，张武还是选择了原谅。可是，这份原谅是有代价的。他不再信任她了。

有的时候，张武会在吃饭的时候突然将筷子一丢，气鼓鼓地走到院子里蹲在羊圈边上抽烟。有的时候，张武会突然返回家中，将四间房转一遍，确认没有第三个人存在后返回山上放羊。

有一天晚上，秀梅被张武摇醒。张武在秀梅的肌肤上抚摸着，从张武炽热的身体里传来隐隐的激情。秀梅闭上眼睛，控制着自己的情绪。张武把手伸进秀梅的内衣，秀梅一把握住张武的手，将他打断。

“你，你不要命了吗？”黑暗将秀梅的声音吞没。

张武停下来，突然温柔的手变得暴戾起来。张武的喉咙里发出“呜呜”的哀号，他是一只失去了獠牙的狼，风烛残年，被狼群抛弃，等着死亡的那一刻。

不一会儿，哀号变成了呜咽，张武的嘴慢慢松开，泪水和口水将秀梅的整条胳膊弄得湿漉漉的，秀梅紧紧地抱住张武的头，两人的身子一起颤抖着，泪水把小小的屋子腌得咸咸的。张武哭够了，轻轻抚摸秀梅胳膊上残缺不全的牙印。

“梅子，我真的，不想死！”张武冲着黑暗说。

八

张武看着那根管子将自己身体内的血液引入一台机器中，经过层层过滤后再顺着一根管子注回自己的体内，仪器替肾脏完成了一次血液净化。这个过程往往一连四五个小时，血液的进出，让张武格外疲惫。好在他已经习惯这种感觉，当流出去的血液又全部流回体内后，张武在透析室休息一会儿便又挣扎着起身了。

半年前，张武转成尿毒症。医生给了透析的治疗方案。张武的生命被牢牢掌控在这台仪器当中。一周一次的透析，张武执意自己来做。每个周二，他一早骑车出发，在医院度过八九个小时后，张武的生命又被延续一周。

他将羊卖给了谷子，谷子给了张武一个很合适的价钱。但是在羊群即将被赶走的一瞬间，张武走上前去，牵住了那只老羊。

“谷子，它就留下吧，你再重新算下账。”张武说。

谷子摆摆手：“你先替我养着吧，啥时候不想养了，就给我牵过来。”张武看着羊群消失在巷子口，身边的老羊似乎明白一切，浑浊的眼睛腾起雾气。

现在，张武的身体状况一天不如一天，自从张武做了透析，张亮和尹一回家的频率高了。小宝已经上了幼儿园，每次回到村里，他都吵着要回家。大路村没有网络，小宝没有办法打游戏。

更多的时候，张武会一个人在院子里坐着。老羊比以前更老了，吃得少也就没有放的必要，精神好的时候，张武就去后山割上几筐草，老羊吃草不紧不慢，它的牙齿已经掉了好几颗，干巴巴的羊背上，毛一块一块地脱落下来。老羊的一只眼睛瞎了，它只能侧着身子用它那只完好的眼睛看自己的主人。

秀梅开始承担更多的活儿，家里家外，她全部扛了起来。秀梅把张武照顾得好好的，她不奢求张武能够好起来，她只愿张武能够多陪她，只要张武还在她身边一天，她就感觉心安。

有的时候，她会在晚上醒来，身边的张武沉沉地睡着，这让她心神不安，她伸出手摸了一把张武温热的脸颊，疾病不仅让张武骨瘦如柴，甚至剥夺了他的呼噜。他的呼吸都变得孱弱。秀梅睡不着了，盯着窗户一直到天边发白。

这两年，老单一直没有忘记秀梅。在张武还能出山放羊的那些时日，他来过张武家。只不过，秀梅再没有让他踏进院子。秀梅大大方方地开着门，和老单在大街上说话。有时候，隔壁的三婶子也不尴不尬地出来和两人坐一会儿。

秀梅的拒绝让老单一度非常绝望。这个老光棍本以为后半生会在孤独中度过，可是，秀梅出现了，他知道秀梅和张武的所有往事，但是他也明白，与张武相比，自己的优势在于身体健康，他在心底计算着和秀梅后半生的生活。

三婶子中风的消息一天时间就传遍了村子。老单还没走到三婶子家门口，就得知小古已将三婶子接走了。三婶子阔气的大门上挂着锁，隔壁秀梅家的门开着。老单不敢贸然进门，他在三婶子家门口支好自行车，背着手，在张武家门口转了一圈。

村庄空空荡荡，转了一会儿，老单的背心上出了厚厚一层汗，太阳已经开始西沉，这时张武家院子里，一阵脚步声传来……

张武做了一个梦，梦见自己还是二十四岁时候的模样，他开着队里的拖拉机，进城去拉化肥，拖拉机在山路上颠簸，突然从山腰上跑过来一只白色的狐狸，坐在山腰静静地看着他。张武跳下拖拉机，冲着狐狸大喝一声，狐狸非但没有逃跑，还冲着张武眨巴眼睛。

张武一步一步朝狐狸走去，真是一只漂亮的狐狸，毛色雪白，眼看着就要抓到了，狐狸突然开口说话。“我都快死了，你还想着要我的皮吗?”张武吓了一跳，定睛一看，雪白的狐狸变成了干瘦的老羊。“我等等你吧，做羊和做人都不容易。”

张武从梦中惊醒，他望着天花板出神，心中的痛苦与落寞又浓厚了。老羊在院子“咩咩”地叫着，他穿起鞋走出去。

老单一只手拉着秀梅，两个人在街面拉扯着。秀梅手中的水桶立在一旁，她一边跟老单絮叨，一边努力去挣脱老单的手。这时，老单突然感觉自己的小腿传来阵痛，张武站在大门口，弯腰去捡另一块石头，老单放开秀梅的手。

“张武，你……”第二块石头砸过来，老单躲开了。张武又去寻石头，老单知道张武现在拿出了拼命的架势，他转身去推自行车。

张武重心不稳一屁股坐在地上，随后大口咳嗽起来，秀梅过去扶他。老单支好了车子，望着咳嗽不已的张武，他的小腿肚传来阵阵疼痛，他咬着牙撩起裤管，石头让他的小腿皮开肉绽。

“张武，我不跟你一般计较。”老单狠狠地说，可是这句话明显不过瘾，疼痛让他变得格外暴躁，“我耗死你，秀梅早晚会跟我的。”老单指着张武说。

秀梅放开张武，她站起来几步走到老单跟前，抬手给了老单一个耳光。这一巴掌把老单的耳朵震得生疼。

“滚。”秀梅红红的眼睛，刀子一样剜着老单。老单愣在原地，秀梅紧接着又一个耳光抽过来，“你给我滚!”她歇斯底里，像一只杀红眼的羊。

老单输了，他低着头，推着自行车一瘸一拐地走了。

三婶子被小古接到了城里，回来的时候躺在一个小木匣中。葬礼很风光，小古请了乐队，不少豪车开进了大路村。办完了葬礼，小古将别墅上了锁，除了街门口留下了一层白色的纸钱之外，什么也没有了，仿佛那个隆重的葬礼不曾出现过一样。

现在，大路村又恢复了宁静，张武突然想到了自己的后事，张亮会不会也给他办一个像模像样的葬礼，那些他认识的或是不认识的人，对着他的遗像烧几张纸钱，然后劝说秀梅和张亮要节哀。

人活了一辈子，最后终得走这一遭，既然不可避免，张武就希望自己走的时候体面一些。他听说三婶子死的时候浑身插满了管子，这些管子拔掉后，三婶子从医院直接被拉进了火葬场。他可不想让一把火把自己的身体烧掉。

张武坐在院子中央，太阳已经落到了西山头上。他想了很多以后的事儿，然后又想起了以前的很多事儿，就是没有心思关心当下。

他记得盖这四间房的时候差点要了他半条命。没日没夜地上山开石头，然后用拖拉机一车一车地拉回来。上梁的时候，他从房上摔了下来，好在那时候年轻，躺了两天又开始跟着忙活。当他把秀梅娶进这四间房时，他感觉到了无比幸福。他用自己的双手搭建起了这个家。

秀梅拿了件衣服出来给张武披上，挨着张武坐下。

“你又想啥呢？”

“这房子得修理一下了！”张武望着四间房，上面的瓦还是灰褐的土瓦，蓝色的门窗也变色，陈旧。夜里，山风顺着窗户缝儿轻而易举地灌进来。

秀梅没说话，她望着张武满目慈悲。她知道，张武是在替她做打算了。张武靠在椅子上，夕阳在他瘦削的脸上薄薄地扑了一层粉。天边燃起了一片火，天地之间被烤得火红。

“你看，火烧云！”秀梅靠在张武腿上，侧着头望向西山。张武的眼睛也被染红了。两个人静静地望着残阳一点点被大山吞没，天空如血，把这人间染得红彤彤的。

马晓的夏天

上

1

阳光穿过树叶缝隙，在地上打出星星点点的光斑，清风吹过，树叶沙沙作响，光斑跟着摇摇晃晃，忽隐忽现。一只蜜蜂晃头晃脑地在枝叶间乱撞，它迷路了，花园在教室后面，它的目的地是牡丹月季那芬芳的花蕊……马晓望着窗外的世界，沉醉在夏日的正午时分。小武在讲期末考试试卷，他扶了扶眼镜，视线停在马晓身上。他重重咳嗽了一声，马晓仍旧扭着头，窗外的世界太过诱人。在阳光中，马晓瘦弱的脖颈上仿佛镀上了一层银。

“马晓，你来回答一下这个问题。”小武的声音太过温柔，并没有将马晓的思绪拉回。飞机用手肘推了一下马晓，马晓回过神，发现教室里五十二双眼睛都在盯着自己。他站起来，一脸茫然地望着小武。小武的镜片反着光，从马晓的角度看过去，小武的鼻子上面是两片晃动的白，空洞而乏味。

“倒数第二道应用题。”

马晓翻开试卷，看到了那道题。

小武说：“鸡兔同笼是一道经典的数学题目。这次我们班有六名同学用方程式算出了这道题。马晓，你来说说你的思路。”

马晓看着自己歪歪扭扭的笔记，一时想不起考场之上的演算步骤，他只想尽快结束这节课，开启自己的暑假生活。一阵沉默过后，小武不耐烦了：“自己怎么算的也说不清楚吗？”他的语气里透露出了怀疑的成分。

马晓并没有回答小武的问题，他放下卷子，迎着小武的目光：“老师，您养过鸡和兔子吗？”

小武的眉毛拧起来，这是他发怒的前兆。马晓忽略了小武的表情变化，他要表达，他要站在一个与小武平等的位置，以一个成年人的身份与姿态去辩论：“鸡和兔子是不能放在一个笼子里的，它们会打架。”飞机趴在桌上，仰头看着马晓。十六岁的马晓已经有了成年人的身高，只是身子骨看起来还是瘦瘦弱弱的，密密的绒毛已经在他的下巴上冒出来，那是一个男孩长成男人的标志。

小武的胸脯一挺一挺的，他教了十几届学生，这道数学题他掌握十几种算法，他能保证自己教过的每一名学生都能至少掌握一种解答方法，在中考的考场上不致丢分，他回答过各种各样关于这道题的提问，但还没有人对这道题目的逻辑提出质疑。他尽量平静地说："你去后面站着。"这是一个经验丰富的教师解决问题最有效的方式——罚站。

马晓站起来，一米八的身高让他有些鹤立鸡群。他垂着头，眼神空洞地走出座位，讲台上的小武突然爆发："拿着你的卷子，给我去教室后面站好了。"马晓停了一下，他没有辩解，返回座位拿起卷子走到教室后头。现在，教室里的人都把头深深低下去，没有人敢在这个时候与小武对视。

马晓拿着数学期末考试试卷，站在教室后面熬过了八年级的最后一堂课。这间教室里，所有人的心其实都已经飞出学校，飞到田间，飞到篮球场，飞到网吧。马晓望着五十一个整齐划一的背影，突然有一种君临天下的豪迈。

2

正午十二点，三星镇中学的下课铃准时响起，学生们爆发出欢呼，他们早已收拾好了书包，只等着踏着铃声冲出教室，冲出学校，冲向温暖而美好的暑假。三星镇沿着三星河呈线状排布，中学建在镇子中央小山的顶端，能够俯视整个小镇。道路盘旋而下，最终与三星镇的主干路汇合。男生们踩着自行车，呼朋引伴，在路中间呼啸俯冲，而女生则推着车子，三三两两地走在路两边。

马晓推着自行车，背着攒了一个月的脏衣服，甩开大步昂首走出学校，飞机和猪头追上来，飞机还在为马晓课上的表现热血沸腾："你真牛，堵得小武一句话说不出来。"马晓抑制住得意："这有什么，这种违反常识的题目就不该出现。"

猪头愤愤地说："又是鸡又是兔子的，搞得我头疼死了，那道题我就写了一个'解'，我们班没有一个人做出来。"飞机说："你们二班数学老师水平太低，这不怪你们。"

三人并排走着，话题转移到猪头的山地车上。

"我爸刚买的，台湾货。"猪头豪气地说："我骑着它，从学校到大路村二十分钟。"

飞机说："快别吹了，二十分钟，你坐火箭差不多。"

猪头没有跟飞机争辩，他转过头对马晓说："这车是捷安特的，捷安特你知道吧，很多专业运动员都用捷安特。"飞机伸出手扶在车把上，捏捏车闸又转转变速拨杆，他感觉运动员的车与自己的永久没有什么区别。

猪头一把拍掉飞机的手："别弄坏了。"

飞机说："你真小气。"

"你做我小弟，我就让你骑一圈，怎么样？"猪头的小眼睛里射出期待的光，那光击中了飞机，飞机本想拒绝，可他也想体验新车的刺激，他看向马晓，马晓一抬腿跨上自己的自行车，向三星镇俯冲下去。

飞机对猪头说："我才不认你当大哥。"说完他紧追着马晓射出去。猪头冲着飞机的背影说："我还不让你骑呢，你们先走，我马上就能追上你们。"

学生的车流汇入三星镇，自行车铃声、口哨声、讲话声、笑声此起彼伏，小小的三星镇显得富有活力与生机。

3

三星河途经大路村时，河道变宽，流速放缓。三十多年前，勤劳的三星镇人在大路村流域建起了一座大坝，忘忧湖就这样凭空出现在大路村边。暑假是老天给大路村孩子的馈赠，此时田里农活不重，村里没有补习班，更没有艺术课，孩子们有大把的时间用在偷瓜、抓鸟、钓鱼、游泳这种事儿上。

十六岁，正是精力旺盛的年纪，大路村的广阔天地给了男孩子们尽情折腾的舞台。家长明令禁止，但到忘忧湖游泳仍旧是大路村男孩的固定科目，每天第一个下水的人就是孩子们公认的“大哥”，十八岁的张小伟出门打工以后，大路村的孩子们推选马晓来做第一个下水的人。

当孩子们在湖水里欢快折腾时，猪头就坐在坝上朝湖中丢着石头。他不是不想下水，他爹朱彪是大路村支书，曾多次严肃告诫猪头：“谁都可以下水，就你不能。哪有书记的儿子带头下水呢？万一出了事儿，你爹我咋整？”猪头谨记父亲的教诲。他给自己的旁观找了一个借口：“我的乔丹鞋一千多，不能弄湿了。”

游泳和别的运动不一样，看篮球、足球这类竞技运动，观全貌品战术看球技，那是一种享受，而在湖边看一群孩子在水里折腾，丝毫没有美感可言，只有参与其中，才能体会到游泳的欢愉。猪头在大坝上坐了五天，第六天时，他熬不住了。他要下水，他要第一个下水。

他把自己扒了个精光，白花花的肚子上，肉一颤一颤的。他从湖里掬起一捧水洒在脸上，清清爽爽，格外舒服。他沿着缓坡小心翼翼，这时菜花喊住了他："猪头，你凭什么第一个下水？"菜花只是随口一提，可对猪头来说，菜花就是在质疑他的地位了。猪头走到菜花面前，阴着脸问："我为什么不能第一个下水？"

菜花比猪头小两岁，看见虎背熊腰的猪头气势汹汹，菜花不说话了，他低着头专心致志地脱着裤子。"这几天都是马晓带的头。"一旁的方子插话，"你问问马晓，看谁先下。"方子的父亲方德鑫是大路砖厂的老板，猪头瞪了一眼方子，气呼呼地坐在大坝上。

马晓脱光了衣服，站在堤岸上一块凸出的石头上，他轻轻跃起，在空中划了一道干净的弧线，水面炸开了。后面的小伙子排着队，依次跳下湖。湖水碧绿碧绿的，一波一波涟漪碰撞炸开，一个个小脑袋在水里浮浮沉沉，水花四溅。猪头站起身，爬到河堤拴铁链的石桩上。石桩有一米多高，猪头站在上面尽量保持着身体的平衡，他闭上眼睛，仰着躺倒进水里。水里的人只看到一团白，水面上溅起一大团水花，猪头像一枚重磅炸弹落水，引起众人的阵阵惊呼。

日头渐渐西斜，湖水在降温，孩子们玩累了，一个个爬上堤岸。猪头指着石桩说："以后你们跟着我从这儿下水怎么样？"大家面面相觑，纷纷扭头看向马晓。马晓嘴巴抽动了一下。这时飞机说话了："从石桩子跳水有什么意思，你敢跳下游坝吗？张小伟就敢跳，我见过。"

三星大坝骑在山谷间，蓄出忘忧湖。孩子们游泳的地方在坝的迎水面，这里坡度缓，湖水由浅至深。大坝背水面的山谷中间，流淌着瘦弱的三星河。由于大坝放水冲击，下游正中心逐渐形成了一个水潭，水潭距离坝顶有十几米的高度，面积不大，水草丛生。

“吹吧，下游坝，那么高谁敢跳?”猪头说。

“不信你问马晓，我们亲眼看到的。”大家把目光投向马晓，马晓点点头。猪头不说话了，他走到大坝边缘，探出头向下看去，大坝平整，如刀劈一般，垂直于地面，坝上部分石灰面脱落，露出黑漆漆的砖石芯，坝下的水潭像一面翠绿的镜子，让人晕眩。猪头的双腿开始发软了。

“马晓哦，马晓哦——”就在这时，黄梅英的喊声在山谷间跌跌撞撞传来，经过山谷的几次反射，喊声显得格外空灵。猪头笑着对马晓说：“马晓，你奶奶又开始喊你了!”马晓瞪了猪头一眼，捡起地上的背心大步朝大路村走去。

4

马晓的奶奶黄梅英曾是三星镇最好的哭丧人，她的嗓音高亢嘹亮、婉转悠扬，天生就是吃哭丧这碗饭的。哭丧是个技术活，不能只是哭号，还得念叨死者生前的事迹，念叨亲人对亡者的思念。黄梅英的唱词总能直戳人心，催人泪下，并且从没有重样的。往往一场葬礼，哭丧的黄梅英倒成了主角，把所有人的目光吸引过去。黄梅英的名气越来越响，在某个时期，在三星镇的葬礼上，如果没有请到黄梅英来哭丧，那这个葬礼是不成功的。

马建国长到十三岁的时候，终于知道每天到处奔波、披麻戴孝的黄梅英干的是一件充满晦气的事儿，他开始拒绝和母亲讲话。母子间的对抗让黄梅英的哭丧事业迎来挑战，后来，三星镇政府下了文件，提倡文明丧葬，黄梅英彻底中断了哭丧大业。

黄梅英不去参加葬礼了，三星镇的白事少了一项重要内容。多年以后，当黄梅英扯着嗓子喊马晓回家吃饭时，大路村人惊喜地发现，黄梅英搁置了十多年的手艺并没有因为年纪的增长而生疏。黄梅英站在门口的土坡上，冲着山沟大喊："马晓哦，马晓哦，回家吃饭了——"那声音高亢有力，穿透力极强。大路村人蹲在家门口吃饭，有黄梅英的喊声下饭，那可真是一件美事。

村里人每天都在等着黄梅英喊马晓。这件事情传到马晓耳中时已经变了味道，他觉得自己成了全村的笑话，他几次跟奶奶说："不要再喊我了。"马晓冰冷的语气让黄梅英想起了马建国青春期的叛逆，她把碗筷摔得叮当作响："儿子随老子，果然都是一路货。"马晓的嫌弃并没有阻止黄梅英，每到吃饭的时候，她仍旧会站在家门口，朝着村子大喊。

马晓走进家门，黄梅英抓起马晓的胳膊，在上面一抓，三条白印子赫然出现。马晓的耳朵被狠狠提起："跟你说过多少次，不要去湖里玩水，你咋就不听呢?"马晓吃痛，一甩头从奶奶手底下挣脱出去，他揉着耳朵说："我们就玩了一小会儿。"

“那也不行。”黄梅英叉着腰，“你知道忘忧湖一年淹死多少人不，你要出了事儿，我咋跟你爹交代?”马晓坐到餐桌前，端起饭碗狼吞虎咽吃起来。黄梅英坐在对面，看着马晓的吃相，她气鼓鼓地说：“你老子让你在家好好写作业，我看你回来这些天，就没翻过书，你不要上学了吗，要跟你老子去给人打工?”

马晓瓮声瓮气地说：“现在大学生也不好找工作，还不如打工挣钱。”黄梅英把饭碗一摔：“你上不上学我不管，你不能再去玩水!”

马晓说：“那你也不能满村子喊我名字，难听死了。”黄梅英说：“我做好了饭，你不回来吃，让我等着你啊。”

马晓懒得与奶奶理论，他已将满满一碗米饭装进肚子，抹了抹嘴说：“反正你别喊我就是了。”说完拿起衣服出了家门。黄梅英的胸口剧烈疼起来，她轻轻拍打着胸脯，嘴里念叨着：“这哪是孙子，这是爷爷，是爷爷啊。我是造了什么孽!”

5

猪头躺在床上辗转反侧，耳畔充斥着麻将牌“哗啦哗啦”的声音。他想起在电视上看过的跳水比赛，运动员从十米的台子上跳下去，毫发无伤，大坝下游比跳水台也没高出多少，也就是说：下游坝是可以跳的。飞机说过：张小伟跳过下游坝。张小伟是谁，那是大路村里铁骨铮铮的好汉。是好汉都得跳下游坝。

猪头在床上折腾了一会儿，感觉口干舌燥，起身去外面喝水。他的母亲杜春花正在和方德鑫、赵德发他们打麻将，方德鑫叼着烟，微微眯着眼摸牌。猪头放下水杯，凑到方德鑫身后。“哈哈哈，三条，我又胡了。”方德鑫把牌面推倒，眉眼间荡着微笑，目光盯着对面的杜春花。

“手气太臭了，再这么玩，裤衩子都输光喽。”赵德发抱怨。

杜春花抬起头，看到站在方德鑫身后的猪头，不耐烦地说道：“你赶紧睡觉去，别在这儿捣乱。”

猪头说：“你们太吵了，我睡不着。”

方德鑫从桌上捡起两张五十元纸币递给猪头：“涛儿拿去，明儿买吃的。”猪头飞快地接过钱。

杜春花说：“你给他钱，他明儿就去镇上网吧玩儿。”

“玩就玩儿。”方德鑫一只手码牌，一只手捏了捏猪头肉乎乎的胳膊，“这个年纪，就该玩儿。”

猪头说：“叔，你知道咱们村有人敢跳下游坝吗？”

“下游坝，”方德鑫豪迈地说，“你方叔我年轻时就跳过。”

猪头乐了：“好玩儿不？”

方德鑫正想说话，杜春花骂道：“你个破嘴，别拿起来就说。”方德鑫挨了骂，脸上仍旧笑嘻嘻的。杜春花把炮火转向猪头：“你打听这个要干吗？我告诉你，想都别想，从那么高跳下来，摔死你。”

猪头冲着杜春花撇了撇嘴，转身回到自己房间。杜春花的话就像一阵风，在猪头耳旁一吹而过，但方德鑫说的猪头却牢牢记在了心里。

下游坝，他必须要跳一下。

6

猪头提出要跟马晓比试跳坝。

马晓根本没见过张小伟跳下游坝，他也从没有想过要跳下游坝，面对猪头的挑战，他沉默了。猪头先是找了一块大石头，站在坝上朝下游丢去，石头落到水潭溅起高高的水花，猪头在投石处做了记号，这是他想了很久才想到的办法，以保证他不会跳到水潭外面。他站在孩子们中间，昂头挺胸，意气风发：“张小伟敢跳，我就敢跳。马晓，你敢不敢？”

马晓没有说话，猪头瞬间斗志昂扬起来：“我要跳了，以后大家都听我的。”他盯着马晓话锋一转，“除非你们也跳。”这时，菜花、方子他们把目光投向马晓，马晓第一次感觉到了目光的重量。

马晓心里想：“猪头一定不敢跳的，他是在用激将法试探而已。”他走到猪头做标记的位置，探出头向下看了一眼，碧绿的水潭如同一只硕大的眼球，直勾勾地盯着他。马晓深吸一口气，一把扯掉背心：“来啊，咱们比试比试。”

猪头把那双白色乔丹鞋整齐地摆好，然后开始慢条斯理地脱衣服。猪头要来真的，马晓后悔了，可已经到了这地步，男子汉说出来的话怎么能再吞回去呢。飞机凑到马晓耳边小声说：“算了，算了，这么高，别出事儿。”一旁的猪头听到了飞机的劝阻，挑衅似的说：“马晓，你怕了？”马晓说：“怎么会，你先跳？我先跳？还是咱们一起跳？”

猪头想了想说："要不我先吧！"

马晓说："还是咱俩一起跳，我左你右，谁先下水算谁赢。"

马晓和猪头赤条条地站在大坝上，阳光晒得他们后背微微生疼，六七个孩子紧张地望着他俩。马晓瘦瘦高高，猪头白白胖胖。猪头双手抱拳，煞有介事地对孩子们说："兄弟们，我跳下去，以后可就是大哥了。"马晓死死盯着下面的水潭，他屏住呼吸身子微微弯曲。

猪头说："马晓，我数到三，咱们就跳。"猪头开始数数了："一。"——马晓的大腿绷得紧紧的，他脑海中反复演练着落水的姿态；"二。"——猪头用余光扫着马晓，他要第一个跳下去，不能落在马晓后头。

"三！"

马晓轻盈地跃出大坝，他高高地举起手，把自己的身体绷得直直的，眼睛死死盯着下面的水潭，风在耳畔吹过，他听到心脏剧烈跳动的声音。在触水的一瞬间，马晓感觉到膝盖颤抖了一下，河水冰凉，很快将他覆盖，他扑腾着，努力挣脱水的束缚，浮出水面。他抹了一把脸，抬头望向大坝，此刻猪头正砸下来，马晓听到猪头发出绝望的尖叫。

在马晓跳下去的一瞬间，猪头犹豫了。这一瞬间的犹豫让他所有的心理准备化为泡影，他看见马晓的身体准确无误地落入水中，激起一团水花。他茫然四顾，正好与方子的目光相遇，方子急于追看马晓落水，他的目光本来毫无内容，可在猪头眼中，方子的眼里却尽是嘲讽。猪头要做大路村的好汉，他不能让人瞧不起。他一闭眼，跳了下去。

猪头的姿态在空中乱了，他的双手在空中挥舞着，抓住的只是无尽的虚无，他面朝水面重重拍了下去。马晓感觉整个水潭都被猪头砸得晃动起来，他浮在水面上，等着猪头现身，可看到的却是水面变得殷红起来，他朝着猪头的落水点游过去，水中的红越发浓厚，腥味随之泛了起来。

他大喊着："快，快去喊人。"

7

猪头死了，他的五脏六腑震成了一团糨糊。村里的赤脚医生王天来说：他那样子摔下来，就跟跳到水泥地上没什么区别。

马晓浑浑噩噩地跑回家，他知道自己闯祸了，他面如死灰，目光呆滞。黄梅英从没见过自己的孙子如此狼狈，她扯着大嗓门问了几遍，马晓没有回应。黄梅英跑到街上，看见村里人正在往朱彪家聚集，她拉住了方子妈。"朱彪的儿子死了，那孩子跟你家马晓比赛跳下游坝。"方子妈临走不忘嘱咐黄梅英，"你别去了，快把马晓送走吧。"

方子妈的话犹如晴天霹雳，黄梅英乱了方寸，瘫坐在地上。过了一会儿，她猛然想起马晓还在家里。她起身趺趺撞撞地跑回家，一进院子就把大门反锁起来。"马晓哦，马晓哦。"她在院子扯着嗓子大喊，马晓直挺挺地躺在炕上，黄梅英本想揍孙子一顿的，但看到马晓的神色，她心软了。她坐在床前，摸摸孙子的额头与脸颊，马晓眼睛里空洞洞的，丢了魂一般。

黄梅英哭起来："马晓哦，你不要吓我，没事儿，奶奶在呢。"她在马晓的胳膊上一划，有白印子。她哭着说，"不让你去玩水，你就是不听，你呀你……"

猪头被人抬到自家门口，脸上盖着白背心，脑袋旁边放着他的乔丹鞋，白背心和乔丹鞋上染着一片片红色的血迹，如同一朵朵绽放的桃花。杜春花掀开背心，看到猪头变形的五官，这幅惨烈景象瞬间将她击昏，她在猪头的尸体旁边，软绵绵地躺了下去。朱彪回到家，看看儿子又看看春花，号了几嗓子后，他逐渐清醒过来，安排方德鑫开车送杜春花上医院。

赵德发对朱彪说："小涛跟黄梅英的孙子比赛跳大坝，咱孩子没了，黄梅英的孙子却好好的。"朱彪冷冷地盯着赵德发，目光里有了杀意。"我去把那小崽子带过来。"赵德发起身喊人准备出门，朱彪拦住了他："不，得让他自己过来。"朱彪阴着脸，他在大路村当了九年支书，他知道怎么跟村民打交道。

猪头还未成家，按照大路村的习俗，少年夭折应该当日进棺，当日入土。可猪头就一直躺在大路村最中央的大道上。月亮升起来了，月光洒在猪头身上，几抹血迹变成了一团团的黑，与他的白背心形成了鲜明对比。村里的二太爷来了，他在猪头的尸体边转了几圈，最后走到朱彪身边："彪子，娃凉透了。"

朱彪没有说话，只是望着村口的方向。所有人都知道，朱彪在等马晓，或者说在等马晓的家长，作为大路村的当家人，他不能上门去讨伐，他得有个气度，但是他不上门并不等于对儿子的横死选择了谅解。

黄梅英枯坐在门口，双目无神。朱彪拉了电线，春节时村里扭秧歌用的灯泡将夜幕中的大路村照得亮如白昼。那光是索命的光，是仇恨的光，那灯泡亮着，时刻在提醒村里人：朱彪的儿子还没有下葬。那灯泡亮着，黄梅英就没有办法安然入睡。

黄梅英先是咒骂儿子："这个没良心的，生了崽子丢给我就走了。现在你的崽惹了祸，你倒躲了个清净。"此时，马建国正在往家赶，大同距离三星镇跨了三个市区，最快也得明天到家。过了一会儿黄梅英又小声咒骂起朱彪："支书啊支书，你儿不跟我孙儿比赛，他能死掉吗？他的死能全怪我们吗？你一个当官的，就这么逼我们，逼着我们去死。"

8

马晓睡到中午，直到马建国的皮带落到身上，疼痛让他迅速清醒，他从炕上跳起，皮带又过来了，结结实实地打在马晓屁股上。疼，钻心地疼，马晓捂着屁股跳下土炕，马建国挡在门口，马晓逃到墙角。马建国一步上来，抓住马晓的胳膊，他抡起胳膊，这一皮带直接将马晓抽倒在地，马晓哀号着，在地上打滚。

马建国一手拎着裤子，一手甩着皮带。"老子在外面拼死拼活，你在家里给老子惹事儿。我打死你，替人家偿命。”说完又准备打，马晓连滚带爬，上前抱住马建国的腿：“别打了爸，我错了。”

马建国一脚将马晓踢出去，扬起左手，马晓的脸上狠狠挨了一巴掌。马建国的左手本拎着裤子，在他出手打儿子的时候，身上的劳动布裤子顺着大腿滑落下去。马晓怕再挨打，死死抓着马建国的手。父子两个站在狼藉的屋子里，一个裤子褪到脚边，一个压根就没穿裤子。

马建国很生气，可无论自己怎么用力都没办法挣脱儿子的手，这时，他突然意识到：马晓已经十六岁了，他已长成一个大小伙子，如果马晓想跟自己干一仗的话，他马建国胜算并不大。

“松开，让老子提起裤子。”马建国吼道。

马晓战战兢兢地松开马建国的手，马建国弯下腰冲马晓吼：“去穿衣服。”马晓爬上炕，屁股一碰到褥子，火辣辣的疼又扯动起神经，他从炕上弹起来，用手一摸，屁股和大腿上已经出血。

马晓在炕上抹药，马建国从锅里拿出两个硬邦邦的馒头，泡着水囫囵吞了下去。马晓说不清奶奶的去向，也说不清猪头是否下葬。马建国抹了抹嘴，粗鲁地说：“走，跟我去找朱彪。”马晓惊恐地看着马建国。马建国说：“有老子在，你怕个屁，走！”

马建国和马晓一前一后走进村里。在朱彪家门口，马晓看到水泥地上，一片暗黑色血迹的上面爬满了苍蝇。马建国意识到了什么，他拉着马晓朝后山的坟岗走去。

悲戚的哭声隐隐传来，那哭声高亢悠扬，哭声中夹杂着对猪头的思念与不舍。他们站在山岭上，远远望见朱家祖坟中，大路村人围着一座新坟，黄梅英披麻戴孝，趴在坟前放声痛哭。这是马晓第一次看到奶奶哭丧。奶奶哭得精彩，说得动情，催人泪下。

马晓的眼泪跟着流了出来。

中

9

猪头下葬第二天，马晓跟着马建国去了大同。长途汽车上，马晓像坐着一颗球，不断调整坐姿，晃来晃去。马建国说：“屁股还疼？”马晓点点头。马建国说：“到了大同带你去吃烤鸭。”听说要吃烤鸭，马晓安静了，可过一会儿，他又开始动起来。马建国心中涌起一股愧疚。他用余光偷偷观察着自己的儿子，他已经很多年没有这样认真地审视过这个继承了自己血脉的孩子。这副瘦弱的身子板，如果悉心调理滋养，不出两年就会变成一具健壮的身躯。马晓是他的儿子，是他的继承者，他马建国有很多的未竟之志，这些愿景在儿子这里还有无限可能。

马建国在一个叫万家镇的地方下了长途汽车。马晓闷声闷气地问：“我们不去大同了吗？”马建国说：“先吃饭。”马建国带着马晓走进一家叫作“大同烤鸭店”的饭店。饭店门口的停车场里停着一排排豪车，店内装修豪华，房顶上挂着十六盏水晶吊灯，墙壁上装饰着山水风光图，大厅玄关中立着一张红木多宝阁，每个格子上摆放着不同造型的洋酒，饭桌上铺着金灿灿的台布，每台桌子上摆着四套餐具，筷架、餐筷、公筷、汤勺、翅碗、展碟、骨碟、茶杯等餐具摆放得颇为讲究，盘子上放着一朵鲜红的口布折花，每一张桌子旁边都站着一位身着黑色工装，化着精致妆容的女服务员。

马晓看呆了，他想：来这种地方吃饭，马建国一定疯了。

马建国招手喊来了服务员：“来一套烤鸭，要你们家最好的；再来一份糖醋鱼，一份毛血旺，两碗米饭。”菜上齐了，马晓看着桌子上的佳肴，暂时忘却了屁股上的疼。马建国说：“吃吧，马晓，吃完这顿饭你就跟我去打工。”

马晓看了一眼马建国。“打工”这个词，对他来说还有些许陌生，但他觉得打工的人能吃上烤鸭，不用再上无聊的课，也是一件不错的事情。当他狼吞虎咽地吃着桌上的美味时，对即将到来的打工生活充满了期待。

马建国打工的汽修厂坐落于大同城郊的某个城中村。城中村濒临拆迁，村内住户陆续搬出，汽修厂艰难维持。马建国带着马晓走进厂子，一个光着膀子的胖子在门口的躺椅上休息。马建国走到胖子面前，毕恭毕敬地说：“赵总，我回来了。”

胖子摇着手中的蒲扇，声音仿佛从鼻子挤出：“老马，你走了四天，只请了三天假，要扣工资啊。”马建国讨好地点点头：“赵总，都听您的。”说完他把马晓拉到胖子跟前说，“赵总，这是我儿子，您看能不能让他跟着我打个下手。”

胖子坐起来，一双小肉眼睛上下打量着马晓，仿佛在审视货物一般，从他的表情不难看出，这个货物不是上等货。

“多大了?”

马建国说：“十六了。”

胖子重新躺到躺椅上：“老马啊，咱们厂子现在的效益你也知道，他妈的月月亏，再这样下去，老子的家底都垫进去啦。”

“不会的，不会的。”马建国的语气里充满了暧昧和油腻，“哪能呢，这不都是暂时的嘛。我跟您这么多年了，想着我儿子在您这儿，能多学点东西。”

胖子说：“留下来看看，前三个月没有工资，老马，这是规矩。”

马建国说：“孩子正长身体，赵总，您行行好，多少发个底儿。”

胖子伸出手，从旁边小方桌上拿起一个紫砂壶，对着壶嘴“咕咚咕咚”灌了个底朝天，他指着马晓说：“那个谁，老马你儿子叫啥?”

马建国说：“马晓。”

胖子说：“马晓，去外面水龙头上给我打点凉水，记得先放放水。”马晓接过紫砂壶，扭头看了一眼马建国，马建国点了点头，马晓慢慢地走进厂子。他回过头，看见胖子和马建国嘀嘀咕咕在说些什么。

马晓接满了水，胖子和马建国还没有谈完。他端着紫砂壶站在院子中央，烈日当头，身边堆满了各种汽车的零备件，空气中弥漫着汽油柴油混合的油腻味道。马晓走到一个凉棚下，看到一条灰黄色的大金毛躺在阴影里，舌头一探一探。马晓噘起嘴，发出“啧啧啧”的声音呼唤金毛，金毛懒懒地抬起头，它在空中嗅了嗅，马晓身上的气味被它捕捉。马晓伸出手，就在快要触摸到金毛的时候，马建国的声音传来：“打个水，这么费劲。马晓，马晓。”

马晓捧着紫砂壶一路小跑，水从壶嘴溢出，洒在他手上。胖子已经穿上了T恤，一个硕大的墨镜卡在脸上，马晓把紫砂壶递给胖子。

“叫赵总。”马建国说。

马晓小声地喊了声：“赵总。”

赵总从马晓手上接过紫砂壶：“马晓，好好跟你爸学。在我这儿学好了，以后也开一个汽修厂。有钱人都买汽车，是汽车它就会坏，坏了咱们就有饭吃。”

赵总对着壶嘴“咕咚咕咚”将壶中的水一饮而尽。他擦了擦嘴说：“不凉。下次记得水要多放一会儿。”他从小方桌上拿起一个黑色皮包，夹在腋下，一边走一边说，“老马，带着你儿子，先转转厂子，我出去谈笔生意。”

10

汽修厂有个拗口的名字——五指汽修厂。最开始是赵桂发和另外四个哥们儿一起合开的，五个人从一间十几平方米的洗车店起家，几年后洗车店变成了汽修厂。钱挣了不少，五兄弟却反目成仇，彼此不相往来。赵桂发买断了这家店，店名仍叫五指汽修厂。

五指汽修厂是一座三合院，正北一排六间房是操作间，六间东房分别是库房和办公室，五间西房是员工宿舍、伙房和厕所，正南方是一间门脸和大门。正正方方一千多平方米的院子里，散乱堆放着一些汽车零备件，几台待修的事故车，不是车门变形就是车头报废，一副惨兮兮的模样。

汽修厂里算上马建国一共有四名修车工。会计兼出纳是赵桂发的老婆。赵桂发喜欢养狗，以前汽修厂一共有三条狗，两条马犬一条金毛，冬天时，赵桂发会带着马犬去山里追野兔。随着生意愈发惨淡，赵桂发将两条马犬忍痛转售，现在厂子里只剩下一只五岁的金毛。

金毛是聪明的，它能通过人身上的气味判断两个人之间的关系，当马晓走进院子时，金毛已经在空气中捕捉到了马建国身上的味道。马晓蹲在金毛身边，伸出手轻轻抚摸金毛的头，金毛没有反抗，但也没有流露出亲昵的姿态。

下午吃饭的时候，马晓特地留了一个馒头。金毛嗅了嗅食物，抬起头望了望马晓，开始优雅地咀嚼。马晓轻轻抚摸着金毛的头，这时候，金毛的尾巴摇晃起来，它扬起头，舔了舔马晓的手。马晓快乐起来：“嘿，我叫马晓，你叫什么？长得这么壮，就叫你阿龙吧。”金毛咧着嘴大口大口地哈着气，似乎欣然接受了这个名字。

马晓的打工生涯，干的第一件事儿就是拆轮胎。用扳手将一颗颗螺帽拧松，再用千斤顶慢慢把车升起来，然后拧下螺丝，取下轮胎，在马建国的演示下，马晓觉得这活儿如此简单。马建国指着一台事故车，让马晓把轮胎拆下来。

河南和小湖北站在马晓身后，看着他把千斤顶放好，一点点升起汽车。河南和小湖北对视了一下，转头冲着马建国喊道："老马。"马建国摘下手套，慢悠悠地走过来。

马晓转过身，父亲和两名同事盯着自己，这让他很不自在。他说："爸，怎么了？"马建国眉头紧锁，努努嘴示意他继续。马晓拿起扳手开始拧螺丝，第一颗螺丝比较顺利，接下来一颗比一颗难拧，他身子紧绷，把全身的力气调动到手腕上，姿态笨拙像一只大虾。他的一身力气在最后一颗螺丝上碰了壁。马晓站起身，衣服早被汗水打透，黏糊糊地粘在身上，他看着勒红的双手，鼻腔里喘着浓重的粗气。

马建国说："我上午怎么教你的？"

马晓委屈地说："我就是照你的样子做的，怎么就卸不下来呢？"

河南蹲下身，指着车子下面的千斤顶说："你该先把螺丝拧松，再支千斤顶的。"

小湖北发出了"嘿嘿嘿"的笑声。他的笑没有其他含义，只是在枯燥无味的打工生活里，马晓的拙劣失误像是一剂调味剂。马晓气呼呼地下了千斤顶，嘟囔着："你们也不跟我说一下。"

马建国突然大声呵斥："人家凭什么教你。马晓，我怎么做的，你没看到吗？记住了，以后要多看多学才能少走弯路。”马晓按照正确的步骤取下轮胎。等马建国和河南走开了，小湖北凑过来，拍了拍马晓的肩膀：“没事，我以前也干过这种事儿。”马晓将轮胎重重丢在院子中央，巨大的撞击声把一旁睡觉的阿龙吵醒。

阿龙慢吞吞地走过来，它嗅了嗅轮胎，抬起头望向马晓，那眼神仿佛在询问马晓生气的缘由。马晓摘下手套，摸了摸阿龙的头，阿龙闭起眼睛，喉咙里发出“咕噜咕噜”的声音。

11

马建国对儿子的表现并不满意，但当他意识到儿子只有十六岁时，那种不满就显得可有可无了。比起马晓对待工作的松懈，更让马建国焦虑的是朱彪的逼债。

赵德发给马建国打来电话，语气客客气气但句句话里藏刀，归根结底是马晓间接害死了猪头，这笔债得还。马建国惹不起赵德发，更惹不起朱彪，他将来还打算回到大路村生活。他的银行卡里躺着几万块钱，这是他这些年省吃俭用攒下来的，他想用这笔钱给自己娶一个媳妇儿，想供马晓上学，想给母亲养老……用钱的地方太多太多了，卡上的数字却增长得无比缓慢。在回到大路村的那一晚，他便知道自己这些年的汗水要白流了。黄梅英还算硬朗，一时也用不着钱，续弦的事儿就算了吧，这么多年也这样过来了。在马晓读书的问题上，马建国陷入了纠结，学费、杂费、生活费、资料费、住宿费杂七杂八算起来，是一个不小的窟窿，马晓的调皮让马建国伤了心，看着马晓干干净净的暑假习题册，马建国气呼呼地说：“上他妈什么学，狗屁。”

尽管有心理准备，当朱彪真的要来把银行卡清零的时候，马建国还是感到无比痛苦，这种痛苦与愤懑只有劣质酒精能够安抚。酒是散酒而下酒菜是十几块钱一只的烤鸭，酒友是大湖北和河南。宿舍里，三个爷们儿围坐在小桌前。

马建国喝了酒，叹息便一声接着一声。河南喷着酒气：“老马，你真的，命太苦。咱们几个人里头，数你的命最苦。”河南把一切失意归咎于命运，而大湖北则壮怀激烈：“呸，凭啥赔钱，不赔他还能把人逼死？”河南说：“人家是村支书，你知道村支书权力有多大吗？”大湖北说：“怕什么，大不了鱼死网破。”

河南和大湖北的对话，除了给马建国心头的乱絮多拧上几个疙瘩外没有带来任何安慰。河南滔滔不绝，仔细掰扯着与村支书关系的重要性，最后总算让大湖北承认这钱得赔。大湖北满嘴淌着油说：“没事儿老马，钱是王八蛋，再过几年，它又回来了。”

马建国抬起头，一双眼睛红红的。他一只手搭在河南肩上，另一只手搭在大湖北肩上：“你俩借我点儿，多少都行。”

小湖北和大湖北没有必然联系。大湖北是武汉的，小湖北是黄冈的。大湖北三十出头，长得高高壮壮，小湖北年近四十，身形比大湖北小了一圈。大湖北爱喝酒，小湖北爱遛狗。在马晓没来五指汽修厂之前，一直是小湖北在遛阿龙。

马晓来了以后，阿龙就跟马晓更亲昵了，每次马晓和小湖北一起遛狗时，阿龙总是走在马晓的前面，当它屙尿时，目光也只盯着马晓。小湖北说：“这狗跟它主子一个样，用人脸朝前。”

马晓明白阿龙的心意，于是对它更加用心，常常省下鸡蛋、鸡腿带给阿龙吃。每天收工后，马晓牵着阿龙去小公园散步，马晓仰面朝天躺在草地上，阿龙静静地趴在他身边，鼻腔里喷出热气打在马晓的手臂上，暖烘烘痒酥酥的。天空辽阔，白云温柔，有阿龙躺在身边，马晓才能感觉到生活的一丝乐趣。

12

马建国给了朱彪五万块钱，这五万块中有大湖北八千，河南两千。借钱的时候，马建国拍着胸脯说：“等发工资了，我一定还你们。”已经过了发工资的日子，钱却迟迟没有到账。马建国去找老板娘询问工资的事情，老板娘没好气地说：“等赵桂发回来再说。”

夏天的雨，说来就来。这天马建国和马晓正在院子拆一台事故车，刚刚还是晴空万里，也就三五分钟的样子，豆大的雨点夹杂着冰雹“噼噼啪啪”地砸下来。车子拆到一半没法打火，两个人只能合力将车推到库房，可即便这样挡风玻璃仍旧被冰雹砸出了一条细纹。

赵桂发拿着放大镜对着细纹研究了半天，等他从前车盖爬下来的时候，脸上乌云密布。“老马啊，你儿子不撑事儿，你怎么能犯这种错误呢?”他抚摸着挡风玻璃,“这是原装的,得两千多,你说怎么办吧?”

马建国心里清楚,原装挡风玻璃两千多,副厂的却并没多少钱。他说:“换个副厂的,应该也没问题。”赵桂发扬了一下嘴角,轻蔑地说:“副厂,对对,副厂。”他背着手,朝自己的办公室走去,嘴里嘟囔着,“不管原装还是副厂,咱们都得把账算清楚了。”

到了月底,拖了半个月的工资终于发下来了。每个人都莫名其妙地被扣了钱,马建国被扣得最多,细算下来少了三千多。大湖北要去找赵桂发“理论理论”,小湖北和河南拉住了他:“我们统一好说辞,一起去问。”四个人没有出工,在宿舍谋划了一上午。马晓在操作间拆一辆报废金杯车的底盘,他进门请马建国帮忙。“出去,没看见大人在说话吗?这孩子越来越不懂事儿了。”马建国粗鲁地将马晓赶出了宿舍。

马晓丢掉扳手,把手套甩到一边,心中升起一股无名的火。半个月来,他已经厌倦日复一日与冰冷汽车打交道的生活了。他走到阿龙面前伸出手,阿龙轻轻舔着他的手掌,痒痒的。

“哪吒,过来。”赵桂发端着紫砂壶站在办公室门口。阿龙听到召唤,尾巴猛烈地摇动着,快步跑到赵桂发身边,赵桂发抚摸着阿龙的脖颈,拍拍它厚实的背。“马晓,听说你给哪吒起了个名字?”赵桂发头也不抬,盯着面前的阿龙说,“它叫哪吒,不叫什么龙啊狗啊的,听到了吗?”

阿龙躺在地上,把肚皮露给赵桂发,喉咙里发出幸福的低吼。马晓捡起扳手，扳手上的油渍还没有干透，他的手上染了一片污秽。他捡起手套擦手，油渍在他手掌心的纹理间晕染开去，怎么也擦拭不掉。

“他们呢，怎么让你一个人干活儿？”赵桂发说。

“他们有别的事儿。”马晓说完，走进厂房继续拆底盘。赵桂发瞥了一眼宿舍，慢慢把紫砂壶送到嘴边。

马建国四人走进赵桂发的办公室，赵桂发正在泡茶。他笑眯眯地说：“坐，坐，我正好有事儿要跟你们商量。”

“赵总，我们上个月的工资不对啊，你让嫂子看看，是不是算错了？”大湖北尽量客气地说。

赵桂发说：“没错，没错，我正要跟你们说这个事儿。现在全国上下都在改革，咱们也得紧跟潮流，从这个月起，咱们的底薪减半，每个活儿的提成涨两个点。”

赵桂发摆弄着桌上的茶具，热水一杯一杯浇在茶宠上。大湖北正要发火，河南一把拉住了他：“赵总，这个不太合适吧，咱们一开始都讲好了的。”

“有合同吗？”赵桂发死死盯着河南，“再说，我答应你们什么，时间太久，谁记得住啊。”河南脸上的笑僵硬了。他们确实没有签合同，这么多年了，赵桂发也一直按照口头约定，按时给他们发工资。马建国正要开口，赵桂发伸出肉乎乎的手，对着四个人摆了摆，晃着脑袋说：“现在这个形势，你们也都看到了。一天有几台车进我这修车厂呢？我养你们不容易，大家将心比心，相互体谅，相互了解，等过了这段日子……”

不等赵桂发说完，大湖北“腾”地起身，几步走到门口，一脚踹开办公室的门。他们准备了一上午的台词，被赵桂发硬生生地憋回了肚子。是啊，他们这四张嘴，是无论如何也说不过赵桂发的。办公室的门“咣当”一声关上，原本趴在地上的阿龙突然站起来，露出獠牙，冲着马建国几人大声叫着。赵桂发一边安抚阿龙，一边摇着头说：“脾气咋这么大，你看我这边还没说完。”

13

夜深人静，山雨欲来，马晓被尿意憋醒。他起床上厕所，发现宿舍里空无一人。他喊了声“爸”，屋子空空旷旷，只有窗外一个个闪电似乎在回答。在院子里，马晓看到一个人影闪出仓库，仓库里有手电光晃动，好奇心驱使着他蹑手蹑脚走到仓库窗边。一道闪电划过，透过窗户，马晓看到了令他心碎的一幕。河南用膝盖死死压着阿龙，大湖北拿着一根救援绳勒住阿龙的脖子，小湖北手拿一根撬棍，一旦阿龙挣脱，他将毫不犹豫给它补上致命一击。阿龙在地上激烈地扭动着身子，河南的身体也跟着摇晃，大湖北的脸因为用力而变得扭曲……一声沉闷的雷在天上炸开，雨点猛烈地砸下来，马晓后退两步，这时赵桂发办公室的门开了，紧接着，赵桂发的咒骂声传来。马晓跌跌撞撞地跑回宿舍，躺在木板床上，大口大口喘着气，窗外雨声轰鸣，掩盖住了一切。

雨水打湿衣服，穿透皮肤，冰冷了五脏六腑。马晓感觉身上一会儿冷，一会儿热，关节似乎生锈了，头闷闷的，仿佛大脑里有一柄利刃在有节奏地击打额头。

雨停了，月亮出来了，汽修厂院子里积了一层水，在月光下亮汪汪的。马建国回到宿舍时，发现儿子蜷缩在床上不住说着胡话，他伸出手，触摸到马晓滚烫的额头。此刻马晓陷入了一场漫长而惊险的梦中，他看见自己和猪头、飞机在忘忧湖里游泳，不一会儿湖水变得红红的，猪头变成了一条大狗，露出獠牙，从水里跳出来，扑向自己……

第二天下午，马晓的烧终于退了。他感觉身子软绵绵的，喉咙里像有一团火，每一次呼吸，火苗便会跳跃、炙烤，带来疼痛，他下床端起马建国的茶缸，将里面的凉水喝了个精光，他看到上铺大湖北和河南的床上已经空空如也了。他踉跄地走进操作间，马建国和小湖北正合力拆那台金杯车的底盘，马建国直起腰，甩起袖口擦了一把汗。“马晓，晚上去跟赵总打个招呼，明天我送你去长治找你妈。”马晓怔怔地看着马建国，马建国冲他摆摆手，“去吧，收拾收拾你的东西。”

父亲的决定让马晓感到意外，但他心中又有一丝庆幸，终于不用再跟这些扳手、锤子、机油打交道了。他将自己的衣服塞进一个手提袋中，在床上坐了一会儿，感觉身上的力气在一点一点苏醒。吃完晚饭，马晓去找赵桂发告别，在办公室门口，他赫然发现架子上挂着一张灰黄色的狗皮。

“马晓，病好了？小伙子恢复就是快。以后常来这儿玩儿，看看你爸。”赵桂发光着膀子坐在沙发上，一只小狗趴在他脚边啃着拖鞋，赵桂发抢过拖鞋，小狗冲着赵桂发奶声奶气地叫了两声，赵桂发冲着小狗说："哪吒，再乱叫的话，小心我收拾你！"

一股炖肉的香味，正从厨房里传来。

下

14

在长治东站出站口，马晓见到了何玉兰。何玉兰珠光宝气，一身名牌，远远地就有一股浓烈刺鼻的香水味窜进马晓鼻腔。何玉兰铁青着脸，摸了摸马晓的额头，又捏了捏马晓瘦弱的手腕，嘟囔了一句："狗日的马建国。"

车子在高速上飞驰，何玉兰的电话不断，有催她开家长会的，有催她结账的，有找她谈合作的。马晓坐在副驾驶位上，静静看着这位完全陌生的母亲。

在马晓的记忆中，母亲只是一个模糊的影子。关于母亲最清晰的记忆是一场围殴。何玉兰跟马建国在院子里扭打在一起，黄梅英拿着笤帚，一边敲打何玉兰的头一边扯着嗓子哀号。后来，何玉兰就不见了，又过了几年，马建国也去了大同。马晓和黄梅英留守在大路村，一个慢慢长大，一个慢慢衰老。上了中学以后，何玉兰偶尔会给马晓汇一些生活费，数目不多。跟母亲相连的证据，除了马晓还是婴儿时的那根脐带外，就只剩一张张汇款单据。

何玉兰净身出户的第二年，在三星镇有过一次短暂的婚姻。第二次婚姻给她带来的只有一个彻底败坏的名声和一个女儿。后来她去过山西、陕西、甘肃，做过服务员、贩过水果也开过美发店，但每个营生都没能干长。32 岁那年，何玉兰在长治遇到了郝野，他们从批发服装起家，一步一步投资建起了厂子。

车子拐进一个高档小区，何玉兰说：“晓儿，听马建国说，你不上学了？”马晓点点头。这个决定其实是马建国替他做的，当然他也并没有提出异议。对他来说，上学是一件可有可无的事儿，没有好，也没有不好。

“你有什么计划呢，想跟着我做生意吗？”马晓木讷地摇头。何玉兰不高兴了：“咋不说话？不要学习你爹。大男子汉，要坦坦荡荡，想做什么就做什么。”

“我不知道自己会干什么。”马晓说。

何玉兰叹了口气：“先住下，过阵子再说吧。”

何玉兰的家超过两百平，清一色的欧式家具，水晶吊顶，皮质沙发，木质地板，十分气派。马晓跟着何玉兰走进一间背阳的卧室，何玉兰说：“娟儿还没放假，你先住着，等她回来再说。”何玉兰拿来一双拖鞋，马晓扭捏地脱下鞋子，他脚上白色的尼龙袜子已经变黄，大拇指大大咧咧地露出来。何玉兰皱了皱眉：“袜子脱下扔了吧，我给你找一双新的。”

马晓坐在大床上，床垫软软的，弹力十足，他轻轻躺下去，感觉像是躺在厚厚的松软的草地上，阳光正轻轻抚摸着他。何玉兰拿着一双棉质袜子走过来，看见马晓双手抱着胳膊，侧躺在床上已经睡着，他的脸上平静而安详，鼻梁旁一颗青春痘偷偷冒了出来。这面庞有她自己的影子，马晓到底是从自己身上掉下去的肉，她回想起自己第一次十月怀胎时的辛苦与甜蜜，一转眼已经十六年了，没有自己在身边，也不知道这个孩子过得好不好……何玉兰的眼睛湿润起来，她轻轻关上门，让儿子好好睡一觉吧。

15

两天前，何玉兰接到了马建国的电话。这是十几年来马建国第一次给她打电话。电话那头，马建国放低姿态，请求何玉兰给儿子谋个营生。何玉兰警惕地说："马建国，这么多年你不让我见孩子，现在突然把他送过来，你不说清楚，我肯定不答应。"马建国犹豫了一下，幽幽地说："怪我，我干了错事。"

那天从赵桂发办公室出来，马建国意识到一个残酷的现实：汽修厂生意不好，已经用不着四个汽修工了，只有有人离开，剩下的人才能有活路。他不能走，他在这里干了十年，他已经四十多岁了，没有一家厂子愿意用一个四十多岁的工人。

他们四个坐在宿舍里，用最恶毒的话来诅咒赵桂发。河南恨恨地说："还有那条狗，我看见就生气，真是狗仗人势。"

小湖北说："那狗的心跟赵桂发一样，黑透了。"

大湖北从床上坐起来，他问："你们吃过狗肉吗？"屋子里突然安静下来，大湖北和河南的眼睛里发出亮晶晶的光，小湖北和马建国面面相觑，小湖北想说什么，最后还是咽回肚子里。他们要发泄、要复仇，报复对象如果不能是赵桂发，那么就让他的狗做出牺牲吧。

他们的计划是：趁着夜色把阿龙牵出汽修厂，在外面的小公园里杀狗、烹饪。但到了晚上，电闪雷鸣，暴雨将至，他们不得不调整计划。阿龙温顺地跟着小湖北进了仓库，此刻它还不知道，自己已经走进了一场血腥的阴谋当中。

马建国借口找刀放血，逃离了犯罪现场。他鬼使神差地走到赵桂发的办公室前，闪电越来越亮，雷声越来越密，他闭上眼睛，推开了办公室的门。然而，更让他绝望的是，当他跟着赵桂发走出办公室的时候，看到了趴在仓库窗户边上的马晓。

大湖北和河南被赶出了汽修厂。临走的时候大湖北恶狠狠地瞪了马建国一眼。马建国从大湖北的目光中读到了仇恨的味道。那一刻他心虚了，决定一定要把马晓送走。他不能让大湖北的报复殃及儿子，他更不想让儿子知道自己也参与了屠狗并做了背叛朋友的无耻小人。

何玉兰讥讽道："马建国你也算个男人？"

马建国说："管他算不算呢，到这一步了，我能想到的只有你了。"接着，马建国补充道，"马晓是你的孩子啊。"

何玉兰很后悔，她觉得是马建国给她设了一个圈套，她当时就不应该答应马建国。马晓来到了她身边，连着几天一直把自己关在屋子里，喊他吃饭他就吃饭，让他看电视他就看电视，老气横秋，失魂落魄，像一个小老头。

何玉兰带马晓去过一次工厂，可马晓对流水线上的活计根本不感兴趣。何玉兰试着跟马晓谈心，但他们彼此间过于生疏，聊天最终变成了何玉兰的说教，马晓低眉顺眼听着，仿佛做了错事一般。

何玉兰身心俱疲，她觉得这个儿子废了。与何玉兰不同，郝野很喜欢马晓。郝野对何玉兰说："你呀你，这么多年没有尽到当母亲的责任，现在天上掉下来个大儿子，你还挑三拣四。"何玉兰说："那性子跟他老子一样，我看了心里不痛快。"郝野说："别着急，慢慢就好了。"

郝野并不急着与马晓谈心，他带马晓去打篮球，天气炎热，他们脱了上衣，赤着膀子。郝野四十多岁，戴着厚厚的眼镜，头发稀疏，可以看到头皮，可他抢篮板、过人、上篮的时候，动作流畅，朝气蓬勃，丝毫不逊色于十六岁的马晓。

郝野带马晓去郊野兜风，马晓对开车表现出浓厚兴趣。郝野把车开到一片宽阔的草地上，他说："你来试试？"马晓既惊喜又疑惑："我行吗？"郝野说："就在这一片开，别上路就没问题。"马晓修了半个月车，马建国从没有提出让马晓学习开车，与郝野相处了一周，郝野就放心地将方向盘交给马晓。马晓坐在驾驶位，在提起离合的瞬间，他感到汽车在向前缓慢前行，他踩下油门，车子加速，那种操纵感与征服感让他无比兴奋。

16

马晓打球回来，一进门看见自己的衣服被丢在客厅地板上。卧室里站着一个女孩，女孩留着长发，皮肤白皙，穿着某个学校的校服，马晓知道，她就是自己同母异父的妹妹周文娟了。周文娟怒目瞪着马晓：“谁让你霸占我的房间？”马晓没说话，他把自己的衣服捡起来。周文娟气鼓鼓地走过来：“我知道你，你叫马晓，多土的名字。”

马晓说：“周文娟，你的名字也好听不到哪儿去。”

何玉兰从厨房走出来：“你们的名字都是我起的，你们有意见就来找我。”看到马晓手上的衣服，何玉兰狠狠瞪了周文娟一眼，“娟儿，你在家这一周，就在客卧睡。”周文娟噘着嘴说：“客卧晚上黑，我不去。”

何玉兰说：“你爱睡不睡，不睡客卧就睡客厅吧。”

周文娟的回归，让这个四口之家的空气格外紧张起来。餐桌上的气氛尤为怪异。郝野跟周文娟说一句，周文娟答一句；郝野跟马晓说一句，马晓也答一句。郝野尽力去寻找两个孩子的共同话题，希望他们能够消除隔阂，相亲相爱。可结果总是事与愿违，他们就像宿敌一般，水火不容。郝野看看何玉兰无奈地摇摇头。

周文娟的暑假报了学校的补习班，一个多月的假期被缩短成一周。她喜欢历史、地理，对数学、物理这些学科提不起丝毫兴趣，数学作业让她无比痛苦。

这天，周文娟趴在餐桌上写数学作业，马晓看到周文娟的解题思路毫无章法。第二次路过周文娟身边，她还在算那道题，马晓说：“你这道题算了半个小时了。”周文娟抬起头，把习题册推到马晓面前：“马晓，你肯定学过，你帮我算。”

马晓说：“我才不给你算呢。”

周文娟说：“我看你就是不会。”

马晓拿起笔，写了三个演算步骤，答案呼之欲出。周文娟翻看了习题册后面的正确答案，瞪着大眼睛惊呼道：“马晓，你居然算对了。”

马晓说：“这题还有另外两种解法，不过这么算最简单。”

周文娟歪着头对马晓说：“别以为你帮我解出这道题，我就原谅你了。马晓，你就是个强盗。”周文娟的话仍旧带着刺，但是语气里已经没有了火药味道。

在发现了马晓的做题天赋后，周文娟把数学和物理习题都丢给了马晓，作为回报，周文娟会给他讲一些何玉兰的事儿。马晓对自己的母亲了解得实在太少了，从周文娟口中，马晓知道了何玉兰独自支撑企业的不易；知道了何玉兰有严重的胃病，不喜欢吃面食；周文娟还拿出家里的影集，给马晓看何玉兰年轻时候的样子。

马晓心中，妈妈的形象，逐渐变得立体而生动起来。

17

何玉兰与郝野的社会角色是完全颠倒的。何玉兰是服装厂的董事长，在商场冲锋陷阵，大杀四方。而郝野几乎很少工作，他的任务就是在家做饭，收拾家务，四处游玩。发现这个事实后，马晓开始心疼起何玉兰，他觉得郝野虽好，但配不上自己的母亲。

周文娟的假期转瞬而过，假期最后一天。郝野提出一家人出去散散心，为了这次出游，何玉兰特地推了两场重要的会议。周文娟是这场出游的主角，一路上，她叽叽喳喳兴奋不已，滔滔不绝讲述着学校的趣事，抱怨老师古板，同学冷漠。“有一次我背课文，有一句话忘记了，我的同桌张萌只要把书举高一点，我就能看到答案，可是她就是故意把书挡起来。”

何玉兰说：“自己没有背会，还找别人的不是。”

周文娟说：“就一句话，特别拗口，我就那一句不会。”

马晓想起飞机，如果遇到这种情况，飞机肯定会帮他应付难堪的局面。他算了算，遥远的三星中学也快开学了，不知道升九年级以后，谁会是飞机的新同桌。

露营的地方是一个开放的郊野公园，一条小河在公园中心蜿蜒流过，河边耸立着一片高高的白杨树，各种鸟鸣在林间悠扬回荡，树下墨绿色的青草散发出幽幽的香味，一些不知名的小花点缀在这片绿色的地毯上。郝野在草地上支起帐篷，拿出烧烤架和准备好的食材。何玉兰还在忙，一通电话接了半个小时，看着专心打电话的何玉兰，周文娟不满地噘嘴吐舌。郝野笑了笑，起身从何玉兰手中接过手机，几句话结束了这场工作对接，他把手机关机后还给何玉兰：“今天是休息日，再忙的事儿也推到明天，好不？”郝野一脸认真，何玉兰露出了微笑。

周文娟拿起鱼竿拉着何玉兰和马晓去河边钓鱼。大路村的孩子，哪一个不是钓鱼高手呢，他在小河边大显身手，不一会儿就钓到五六条大鱼，周文娟只钓起了一条手指长的小鱼，她不满地大叫起来：“马晓，你怎么所有的事儿都比我干得好。”何玉兰接过周文娟的鱼竿，挂饵抛竿，她也要体会一下垂钓的乐趣。

郝野就是在这时发病的。

他们先是听见一声沉闷的声响，紧接着一个急迫声音传来：“快来人啊，有人摔倒了。”何玉兰仿佛中电一般，扔下鱼竿向帐篷冲过去。郝野躺在一堆穿好的羊肉串旁边，嘴唇乌黑，口吐白沫，何玉兰一边掐着他的人中，一边大声呼喊他的名字。附近露营的人七手八脚帮着把郝野抬上车。

汽车在高速飞驰，马晓坐在后排照顾昏迷的郝野。郝野的脸上、额头沁出了豆大的汗水，喉咙里不时发出阵阵低沉的声音，他的身子软绵绵的，马晓把他扶正，他很快又滑倒在马晓的肩头。到了医院，何玉兰打算背郝野，马晓拦住何玉兰，他在车门处弯下腰说：“我来背”。何玉兰看了一眼马晓，儿子已经是一个大小伙子了。她把郝野的胳膊搭在马晓的肩头，马晓稳稳地背起郝野，快步冲向急诊室。

急救室外，何玉兰紧紧挨着马晓，周文娟在走廊里焦急地走来走去。马晓问：“郝野叔怎么了?”何玉兰重重叹了口气。周文娟停下来：“郝叔叔好几年没犯病了，他有癫痫病史。”

何玉兰遇见郝野的时候，郝野还是一个健康的、充满阳光与魄力的男人。他们一起打拼，熬过了最艰难的创业期，生意有了起色，他们开始计划要一个孩子。可有一天，郝野却突然摔倒，浑身抽搐，那是郝野第一次犯病，母亲遗传下来的疾病基因在他体内潜藏了三十五年，现在终于被唤醒了。癫痫是一个奇怪的病，没有病灶，更没有根治办法，患者过度劳累，情绪激动，外部刺激都能引起复发。脱离危险后，郝野不再提及要孩子的事情，何玉兰全面接手了企业，让郝野退居幕后。

何玉兰需要在医院照顾郝野，送周文娟返校的任务落在了马晓肩上。快到学校时，周文娟问："马晓，你为什么不读书了？"马晓没有回答。周文娟说："你应该读书的，你学习那么好，将来可以上一所好大学。"马晓问："上大学会有好工作吗？"这次轮到周文娟语塞了。马晓从后备厢拖出行李，看着周文娟走进学校大门，这一刻，他的心震颤了。这么多年，对他来说上学只是一项任务，他从没真正主动地想要去学习知识，去了解书本里的内容。可是现在，他竟然羡慕起周文娟，觉得上学是一件值得去做的事情。马晓望着学校大门出神，司机几次催促，马晓才回过神钻进车里。

郝野苏醒后，马晓照顾起他的起居，趁着这个机会他们聊了很多。当聊到上学时，马晓问郝野："现在大学生出来也不好找工作，那上学的意义在哪儿？"郝野瘦了一圈，眼睛却仍旧亮晶晶的，郝野说："上大学不会百分百给你带来一份好工作。但是，大学里有图书馆、有公开课、有兴趣小组，还有很多你在社会上永远接触不到的东西。马晓，上学的意义，那就是让你有一个更加开阔的视野，更宽广的心胸去面对你未来的人生。”

马晓没有完全听懂郝野的话，但是他相信郝野，郝野说上学好，那上学肯定就是好的。

18

何玉兰执意要送马晓回三星镇。他们足足开了三个小时的车，一路上，何玉兰絮絮叨叨，叮嘱马晓要好好学习，要按时吃饭，要听老师的话。现在，她不是一个叱咤商场的女强人，而是一个唠唠叨叨的母亲。马晓听着何玉兰的叮嘱，心里没有厌烦，反而无比满足。到三星镇时已是正午，沿着三星江的主路一直走，在镇子中央的岔路口拐进盘山道，熟悉的三星中学已经向马晓敞开了大门。

学校门口，何玉兰帮马晓取行李：“跟你爹说，让他以后多干点正事。”马晓点点头。何玉兰抬手帮马晓整理衣领，马晓低头看见何玉兰头顶已生出了缕缕白发，那白发隐藏在她染成枣红色的发色下，不仔细观察很难发现。马晓说：“妈，回去路上慢点。”何玉兰怔了一下，这是马晓第一次开口喊她“妈”，她点点头，眼角荡出幸福的笑意。

三星中学已经正式开学一星期了。此刻学生们都在午休，校园里空空荡荡的，马晓把行李放进宿舍后去找小武报到。小武在批改作业，看到马晓返校，他站起身拍着马晓的肩膀高兴地说：“马晓，你很聪明，好好学习，一定要上高中读大学。”这次马晓没有逃避小武的目光，他望着这位教了自己两年的数学老师，笃定地点点头。

小武带着马晓来到教师宿舍楼的天台上，一个硕大的铁笼子映入眼帘。马晓走过去，笼子里养着两只兔子和两只公鸡。“我养得怎么样？马晓，事实证明，只要有足够的空间和食物，鸡和兔子是不会打架的。”小武望着马晓，“一切问题，只有亲自实践一下才有答案。”马晓和小武相视而笑。时已入秋，正午的日头褪去了凌厉，一些心急的杨树叶已经变黄，微风吹过，轻轻飘落。

夏天，已经过去了。

法明寺

一

在广袤无垠的华北平原上，燕山山脉横亘千里，翻波卷浪。山势延伸到了这里终于没了气力，大地逐渐舒缓下来。从山地到平原，中间零星散落着几百米高的山包，山包过后，平原驰骋起来，极目而望，东、西、南三面的远山柔成一道道皱纹，河川谷地露出了它的面容。几百年前，或许更早的时候，曾有一条大河流经于此，留下肥沃的土壤。玉米、谷子、麦子一茬茬地长出来，再一茬茬地倒下去，这片土地上的人生生不息、代代相传。

这里是河川镇，分布着三堡四司十一屯。在某个时候，这片谷地上居住的是戍边将士，直到有一天，长城失去了原有的防御功能，边境成为内地，这片兵马聚集、烽火连天的土地上，长出了大大小小的村子。

每年到了三四月份，从西伯利亚南下的风，裹挟着蒙古高原上的沙尘滚滚而来。风沙跋山涉水带来了远方的秘密。掺了沙子的风打在人脸上就有了实质内容，在皮肤上留下皴裂。在一个黄沙肆虐的日子，一个黑点缓慢地朝这片平原而来。那是一个衣衫褴褛的僧人，他披着一件褐色棉僧衣，由于长期奔波，头上长出了黑油油的头发，头顶上九个戒疤光秃秃的。和尚面容消瘦，胡茬浓密，嘴唇皴裂，一双眼睛炯炯有神，右手拄着一根七尺来长的酸枣木，左手扶着背后的一个布袋子。僧衣被荆棘割开一条条口子，有的口子被缝好，留下一道伤疤，更多的口子就那样大大咧咧地袒露着，棉花探出了头，随风舞动。他所走过的山、水、林、田、沙漠、沼泽都在身上有了印记。

和尚站在山冈上，远远看到这片谷地，村落间升起的袅袅炊烟让他感到温暖与安全。他的老家也是这样一望无际的平原，只不过他的家乡比河川谷地更加广阔富饶。他走过杂草丛生的黄沙滩，踏上农民开垦出的田地，麦田阡陌纵横，一片片麦子昂着倔强的头颅与风沙抗衡着。麦苗瘦骨伶仃，但在灰色沙尘下，翠绿的本色又是真实的茁壮的。等这风沙过去，麦苗会长高、抽穗、灌浆，最后将整个天地染黄。他跪下来，将鼻子凑到麦苗上，仿佛嗅到了麦子成熟的芬芳。他走了太远，在这里，麦子的味道就是家的味道。他决定留下来了。

河川镇位于谷地中央，镇子旁有一座几百米高的小山包——撞马山，山顶立着一座巴掌大的破庙。战争基因让河川人热衷于虚张声势，总要喊出百万大军的气概，小庙的名字起得宏伟——法明寺。1931 年，从东北入关的一支军队曾途经此地。当时他们还抱着有朝一日打回老家的幻想，沿途抓捕壮丁扩充队伍，寺里的两个和尚正值壮年，军官用枪逼着他们回归红尘，和尚脱了袈裟拿起武器，穿上军装南下而去。

两年以后，一个从东北逃难过来的和尚决定在法明寺住下。和尚在当地人的指引下，爬上撞马山，法明寺山门矮小，门上红漆已经脱落，露出木材本来的灰褐面目，寺院里堆积着杂草、瓦片、枯木、碎石。寺庙太小，正殿只有一间，殿门已经没有了，和尚走进去，看到座上的弥勒佛，佛像金漆褪尽，灰突突的，蜘蛛网掩盖住佛像面容。两侧分别供奉着四天王。地上一鼎香炉里积着一层薄薄的香灰。

院子左右两侧各有两间屋子。右侧是法堂和僧堂，左侧是职事房和荣堂。和尚在法明寺转了一圈，对这个荒废的寺庙十分满意。他走出山门，敲响了那口锈迹斑斑的大钟，钟声低沉，响彻寰宇，他双手合十，嘴里默念一声“阿弥陀佛”。

二

左屯村坐落于撞马山的左侧。二三十幢茅草屋呈田字形布局。村口有一棵看不出年龄的老槐树，在某个时候，老槐树曾经历过一次惊心动魄的灾难，一道闪电将它从中间劈开，槐树一半身躯躺在土里，另一半身躯挣脱了命运的束缚，直指苍天奋力生长。

大树旁边的黄土房里住着路老太太一家。路老太太信佛，每年最大的一笔开销就是捐给法明寺的香火钱。她不识字，于是就请和尚给她讲经，自己跟着念。家里供奉着送子观音，一年四季香火不断。当消失了两年的钟声再次响彻河川镇时，老太太激动地流下了眼泪。

“佛是不会抛弃我们的。”路老太太打发儿子路平去请和尚来家讲经，路平嘟囔着：“家里没有多余的粮食了。”路老太太说：“如果吃不饱饭，他是不会留下的。”路平披起外衣，朝撞马山走去。

和尚跟着路平来到左屯。进门前，他拍了拍身上的尘土。路老太太上前迎接：“阿弥陀佛，师父您怎么称呼？”

“叫我惠恩就好。”

惠恩穿着一件破了洞的海青，他已经剃光头发和胡须，头顶的戒疤十分光亮。路老太太引着惠恩走进内堂。惠恩会念很多经文，他在讲经时紧闭双眼，手中的佛珠有节奏地转动着，佛法从他的嘴巴里飘出来，有了神圣的意味。

念完经，路老太太问：“师父从哪儿来？”

惠恩说：“关外。”

“关外这些年还打仗吗？”

惠恩说：“打。以前打仗，我还能有栖身之所，现在日本人来了，我只能四海为家了。”

路老太太说：“师父，在家里吃碗斋饭吧。”惠恩双手合十，向路老太太行礼。斋饭就是清汤煮面，路老太太和儿媳巧娘在屋里吃，惠恩和路平端着碗蹲在院子里吃。巧娘碗里的面还未吃完，就听见外面传来喝汤的声音，她放下碗筷走出去添面。路老太太抬头看了眼巧娘，目光里满是赞许。她对这个高高大大、勤劳端庄的儿媳很满意，唯一让她遗憾的是巧娘和路平成亲快十年了，肚子一直没有动静。

巧娘将碗递给惠恩，惠恩低着头抬手去接，眼睛紧紧盯着地面。他看到巧娘穿着一双粗布鞋，鞋面上绣着一朵红色的莲花，莲花栩栩如生，微风吹过，轻轻摇晃，惠恩的心也跟着晃动起来。

三

北面传来了枪炮声，先是隐隐约约，后来声音越来越近，一声声炮响，震在河川镇人心上。比战火先到河川镇的是北方来的难民。

难民年年都有，年景不好时，老百姓就得逃荒。旱灾、蝗灾、水灾，老天强加给人的灾难是无解的，逃到另一个地方，只要有口吃的，人就能活下去，等年景好了再返回老家。逃天灾的难民也苦，但前方总还有希望，逃兵灾的难民是绝望的。他们的家园已经被损毁殆尽，得胜者会重新瓜分他们的土地，重新建起房屋。难民扶老携幼，挑着担子拎着行李，沉默地行走在田间——很多年前，他们的祖先也是这样往关东走，去谋个活路，老天给了他们祖先活路，如今日本人又把这活路封死了。

一开始，河川镇人会给难民提供一些吃食，可是当源源不断的人流涌过来时，河川镇人跟着绝望了。他们再拿不出多余的粮食与灾民分享，只能关门闭户，任凭那些人在门口发出凄惨的求救。河川镇广袤的平原上，新坟压旧坟，呜咽声、哀号声不绝于耳。

这样的境况大约持续了半个月，北边的战事似乎已经结束。炮声停了，难民也逐渐消失。河川镇人走出家门，相互打探着战争结果，从县里传来各种消息，有人说中国军队打得很勇，但寡不敌众最后失败了；也有人说日本指挥官战死，日本人撤回东北操持后事去了。河川镇人在战战兢兢中等来了县里派下来的官员。

官员很胖，骑在一匹枣红色的大马上，威风凛凛。他身边跟着一队穿着黑色制服的宪兵，宪兵敲着铜锣，附近的村民跟着锣声聚集到撞马山下的打谷场上。镇公所长站在胖官员身后，两人小声嘀咕了几句后，胖官员就站在谷场上开始了他的演讲。

他清了清嗓子说道："鄙人姓乔，名迁，字安邦，受高县长委派，到河川镇安抚黎民。乡亲们，日本人已经打到了长城脚下，河川镇很快就会成为火线，我们要提前做好打算啊。"

左屯二太爷颤巍巍地走出人群："咱们的队伍呢？前年一枪不放跑进关内，现在打起来，是不是要打回关外去？"乔安邦瞪了二太爷一眼，硬巴巴地说："那是当兵的事儿，我是县长派的特使，只管民的事儿。"

人群中一个声音传来："日本人来了，我们老百姓怎么办？"不少人跟着附和，场面嘈杂起来。乔安邦脸上露出不悦的神色，他挥挥手，大声说："乡亲们听我说，这就是县长派我来的原因。日本鬼子来了，咱们不要做亡国奴，有条件的要往南边迁移。"

"房子怎么办？庄稼怎么办？"人群发出质问。

"房子烧了，庄稼毁了，我们这叫焦土战略。"乔安邦扶了扶眼镜说，"还有，我们是迁移，不是跑，但转移归转移，今年的公粮得照交……"

路平挤在人群中，他对这个肥头大耳的官员莫名生出厌恶，朝着地上狠狠啐了一口："他妈的。"这时一只手搭在路平肩上，路平转头看到了朱清源。朱清源是后堡人，以前打场的时候，路平跟他打过交道。朱清源瘦瘦的，有着一膀子力气。

朱清源说："路兄弟，心里不痛快？"在朱清源的目光中，路平看到了一团正在熊熊燃烧的怒火。路平说："朱大哥，你什么意思？"朱清源说："男子汉大丈夫，我想去从军。"

朱清源的话把路平镇住了。路平从小就爱听杨家将、戚家军的故事，现在日本鬼子要来抢夺他们的土地，他恨不得立刻就冲上战场与日本人厮杀个痛快。可他又很快清醒过来，家里有老娘，有妻子，地里还有麦子等着他收割，家里的房子也该修一修了，这里有太多让他牵挂的事儿。

河川镇人是军人的后代，几代务农，难凉一腔报国热血，上阵杀敌、守卫家园是河川镇人刻在基因里的密码。朱清源在三堡四司十一屯间穿梭，点燃了一个个血气方刚的庄稼汉：“鬼子打到咱家门口，要抢我们粮食，杀我们亲人，是爷们儿咱参军去，真刀真枪跟鬼子干。”

路平怀揣心事，眉头拧成了疙瘩。这天晚上，路老太太把路平和巧娘叫到跟前，她指着供奉观音的桌子说：“把它移开。”路平移开桌子，露出一口红木箱。路老太太掸去上面的浮土，拿出钥匙打开箱子，路平凑上去，看到了箱子里的内容——一把虎头大刀，几件带血衣物。由于年代久远，衣服上的血迹已经变成一片片的黑。

路老太太拿出大刀，轻轻擦拭上面的灰尘。“当年八国联军进北平，你爹带着这把刀跟着义和团走了。后来是咱屯你二奎叔带回了这两件东西。这件衣服是我给你爹缝的，娘留下，将来带进棺材。这把刀是路家祖祖辈辈传下来的，现在娘把它交给你了。”路平从母亲手中接过大刀，刀柄上的虎头磨损严重，他拔出刀，刀身锈迹斑斑。他紧握着大刀，感受到了父亲传递给他的勇气与力量。

八十二条好汉从军的那一晚，整个河川镇沉浸在呜咽声中。白发母亲送儿子，年轻妻子送丈夫，黄口小儿送父亲。人们拿出最好的吃食和烈酒，好汉们痛快畅饮，壮怀激烈。女人们齐齐看着朱清源，露出了复杂的神情。朱清源带走了河川镇上最好的男人，带着他们迎着枪林弹雨去杀敌、去流血、去送死。

八十二个人背着火铳、大刀、长矛向北方走去。一直走到天空微微泛白，路平回头向南望去，撞马山影影绰绰，法明寺的钟声在河川镇久久回荡。

四

沙尘过去了，枪炮声也过去了，日头一天比一天燥热起来，麦子一节一节地拔高，绿色的麦穗逐渐饱满，麦尖尖上露出金黄的娇羞。惠恩站在麦田旁，贪婪地嗅着麦子的青涩气味，他看着一望无际的即将成熟的麦子，脸上露出慈悲。收获总是让人快乐，让人满足，让人忘记那些难以言说的痛苦。

男人们走了，河川镇上的女人扛起了麦收的活儿。黄昏时分，巧娘坐在院中磨镰刀，惠恩走进小院，巧娘看到了惠恩布满补丁的罗汉鞋，他抬起头，惠恩身披夕阳，金光闪闪。“巧娘，给我准备一把镰刀吧。”巧娘说：“惠恩师父，你是侍奉佛祖的，这种粗活儿还是我们来做。”惠恩说：“我来收麦就是受到了佛的指引。”

麦收是河川镇一年一度最为宏大的节日。天还未亮，男女老少齐上阵，拎着镰刀扛着扁担走在松软的泥土间，人们的心情愉悦时，总是喜欢吼上两句小调，这时候，整个河川镇就被歌声包裹着。巧娘走到麦田的时候，惠恩已经在割麦了，他穿着一身粗布衣裳，裹着头巾，动作优美敏捷。日头渐渐上来了，惠恩脱掉上衣，几个月来，有了河川镇粮食的滋养，他的身体迅速恢复健硕。他全身古铜色，胳膊、胸前的肌肉结实，他弯着腰在麦田收麦时，身上沾满了芒刺。惠恩在前面将麦子割倒，有序排成一排，巧娘在后头将一排排麦子收集聚拢，绑成麦束。

惠恩帮巧娘收完麦子，又走到其他人家的田间。凡是男人跟着朱清源参军的人家，惠恩都会帮助收麦，不收报酬。河川镇人拿出糯米、小米煮成的干饭款待惠恩。麦子离开土壤，在阳光的炙烤下，麦香气很快河川镇上空飘荡起来。

是河川镇的麦香引来了日本人。

河川镇人从麦田间直起身，先看到了二十多名鬼子骑兵，后面传来“轰隆轰隆”的声音，一个铁王八吐着黑烟，在黄土路上留下两条深深的车辙印，铁王八后是一队步兵。乔安邦紧跟着日军步兵，他骑着一匹瘦弱的老马，换了一身呢子军装，后面人的军服换成了土黄色。三个月前，乔安邦是政府的官员，来鼓动河川镇人迁移，三个月后，他成了日本人的翻译官，来鼓动河川镇人纳粮。

麦场上晾晒着新麦，小队长秋田抓起地上的一捆麦子，他用手揉了揉麦穗，麦粒一颗一颗脱落下来。他把麦粒放到鼻子前，阳光的味道令他心旷神怡。秋田环视一圈，看到的尽是一些妇女和老人，他撇了撇嘴说：“中国男人都是胆小鬼。”

秋田站在高高的石头上，开始了他激昂的演讲。他的日本话没有人能听得懂，乔安邦就一句一句地翻译着：“国民政府腐败无能。大日本帝国是来帮助你们共建共荣的。你们不要害怕，更不要惊慌，要做日本天皇的顺民……”

乔安邦说：“皇军庇佑，粮食丰收，麦收结束后十天，每个屯征收军粮一百石，送到乡镇公所……”乔安邦唾沫横飞地讲着，秋田则带着一队日本兵爬上了撞马山。他看了眼寺门上的牌匾，用蹩脚的中文说道：“不自量力。”

秋田走进寺庙，院子收拾得井井有条，惠恩在法堂诵经，木鱼声声传出。秋田走进法堂，环视一圈，小小的法堂逼仄而寒酸，他摘下手套对着惠恩双手合十说：“师父，打扰了，可否讲一段经？”

惠恩说：“中国的经，你们听不懂。”

秋田说：“佛是无国界的。”

惠恩说：“僧人是有的。”

秋田的笑容僵硬了，他停顿了一下，冷冷地说：“好，好一个僧人有国。”走出法堂，乔安邦已经带人进了法明寺。秋田跟乔安邦嘀咕了一阵后，乔安邦走进法堂对惠恩说道：“和尚，皇军让你讲佛，宣扬中日亲善。”

惠恩仍旧一动不动。乔安邦说：“你看着办吧。”

五

麦子收完，一捆捆整齐地晾在打谷场上。附近村子的人集中在这里，他们的脸上没有了丰收的喜悦。这些他们辛辛苦苦种出的粮食，就这样拱手送给日本人？他们不同意。

交粮期限到了，河川镇人用行动给出了答复。秋田在镇公所门口没有看到粮食，等待他的只有几个保长。保长们跟着乔安邦走进镇公所，秋田坐在首位，乔安邦站在秋田旁边。

“乔爷，跟太君说说吧，村里刚给国民政府交了粮。”

“过难民的时候，被抢了不少，现在乡亲们都没有余粮。”

秋田自顾自地喝着茶，乔安邦背着手转了几圈，看了一眼几个保长：“你们说怎么办呢？”

马屯的保长说：“能不能宽限些日子？”

火器营的保长说：“减一些也行。”

乔安邦望向秋田，秋田慢慢将茶杯放下，嘴里咀嚼着茶叶，他说：“那就再给他们宽限几天吧。”几个保长听懂了，秋田这次说的是中文。保长们脸上露出了喜悦的神色。他们转身准备离开，秋田厉声说道：“我说过让你们走了吗？”四名保长呆立在原地。乔安邦一挥手，几个宪兵将保长们捆了个结结实实。

乔安邦带着一队日本兵开到撞马山下的打谷场。这次乔安邦没有骑马，他走了几十里路，汗流浃背，军服大敞着，圆滚滚的肚子一跳一跳。法明寺的钟声在河川镇回荡着，很快乡亲们就聚集在打谷场上。

打谷场上立起四个木桩子，每个木桩子上都挂着一个血肉模糊的尸体，人群中有人发出哭声，一个日本兵朝天放了一枪，哭声立马停止了。

乔安邦走到木桩子下，抬头望着眼木桩子上的四具尸体，眼神里充满了悲伤。“多么好的保长啊，就这么死了，可惜，可惜。”他走到人群前面，脸上的悲戚变成了凶狠，“他们为什么死？都是因为你们！皇军让你们交军粮，你们还想讨价还价。好，好啊，今天有人替你们死，两天以后，如果皇军还没有看到军粮，死的可就不是这几个人了。”

日本人走了，河川镇人从木桩上放下四个为民请命的保长，他们是被日本人活活折磨死的，身上没有一块完整的地方。河川镇沉默着，这沉默中有屈服，有悲愤，有一股无形的力量在聚集。

六

两天后，只有几个村子如数上交了粮食。日本人没有食言，他们的枪炮和马刀刺进了河川镇。没有交粮的左屯村变成人间炼狱，鸡飞狗跳，火光四起，村民四散奔逃，成了日本人的靶子。

巧娘扶着路老太太刚出村，迎面撞上几个骑马的日本人，她们调头朝撞马山跑去。子弹贴了头皮“嗖嗖”而过，路老太太说：“阿弥陀佛，佛祖会保佑我们的。”

惠恩看着山下一幢幢茅屋剧烈燃烧着，枪声、狗叫声、哭喊声交织成一片。他紧紧握着拳头，这似曾相识的一幕让他血脉偾张。几个村民跑进法明寺，惠恩顾不得佛门戒律，把人扶进正殿。

张旺的女人被日本人用刺刀挑了，张旺背着她一路狂奔，两个人被血染得红彤彤的。惠恩探了探女人的鼻息，对张旺摇了摇头。与张旺一同上山的还有李中的女人，她披头散发，衣衫不整，嘴角挂着鲜血，几个日本兵杀了李中一家后将她糟蹋了。

惠恩还没安顿好张旺几人，巧娘扶着路老太太走进了正殿。小小的殿里挤着六个惊魂未定的人。惠恩捧着香炉，准备出去打些水，刚开门，一把明晃晃的刺刀就抵在了他的鼻尖上。

一高一矮两个日本兵走进来了。看到日本人，李中家的爆发出凄惨尖叫，紧接着一股恶臭弥漫开来，她失禁了。高个日本兵眉头一皱，一枪刺穿了李中女人的胸口。惠恩大叫："佛门净地，你们不能胡来。"矮个日本兵抡起枪托将惠恩打倒在地。惠恩嘴里鼻腔里涌出鲜血。张旺搂着已经僵硬的妻子，抖如筛糠。

高个儿日本兵的目光落到巧娘身上，他把枪递给矮个子后，犹如恶犬一样扑了过去。路老太太起身挡在巧娘身前，她瘦弱的身子爆发出了巨大的能量，日本兵的脸和胳膊被挠出了血。高个子气急败坏，一脚将路老太太踢飞，她的头重重撞在香炉上，发出一声沉闷的回响。

高个子兴趣全无，他端起枪准备刺杀巧娘，矮个子将他拦了下来。矮个子看了眼墙角的惠恩，又看了一眼哭泣的巧娘，两个日本兵对视了一眼，露出了淫荡的笑容。

矮个日本兵粗鲁地剥下惠恩的僧衣，然后指着角落的巧娘"哇哇"乱叫着。惠恩明白了日本兵的意思，他摇着头绝望地喊着："不不不，我是出家人，阿弥陀佛，阿弥陀佛。"

高个子将惠恩拖到巧娘身边，刺刀顶在惠恩胸口上。矮个子瞪着巧娘，用蹩脚的中文说："你，快。"巧娘的脸上爬满了泪水，她慢慢起身，伸手颤抖着擦拭着惠恩脸上的血迹，说道："惠恩师父。"

弥勒佛在莲花座上，一手结印另一手微微伏在膝盖上。在这间小庙里，他接受了一辈又一辈河川镇人顶礼膜拜。座下焚香，每日清扫，一尘不染。他的笑容永远慈祥和蔼，不会因人类的悲欢而改变。弥勒佛一定看到了那悲惨的一幕，但他也只能眼睁睁地看着那一幕。

惠恩泪流满面地从巧娘身上爬起来，"阿弥陀佛"再也念不出口。高个子一脚踢在惠恩胸口，顺势举起刺刀向巧娘刺过去。惠恩挣扎着扑到巧娘身前，他听到了巧娘发出的惨叫，他的眼前一片血红，随即晕了过去……

七

路平带着游击队回到河川镇，他熟悉的家园消失了。村口的大槐树只剩一截黑黢黢的树干。村子里一多半房子毁了，没有鸡鸣狗吠，没有黄发垂髫。有的只是残垣断壁和幽魂一样的乡亲。他趺趺撞撞地跑到自己家，房子还在，巧娘还在，娘没了。

"娘呢?"路平跪在巧娘身边惊呼。看到路平归来，巧娘积攒了多时的泪水终于决堤，她死死拉着路平的手，哭得撕心裂肺："娘为了救我，让日本人打死了。"抱着巧娘痛哭时，路平突然感到了异样，他低下头，看见了巧娘微微隆起的肚子。

路平这次下山是为了骚扰鬼子，壮大游击队伍。日本人屠了两个村子，搜光了河川镇上所有的粮食，民怨沸腾。没有了粮食，不少河川镇人逃离了这片土地，还有一部分人选择留下来，寻找机会报仇雪恨。

路平走的时候田里的麦子还绿着，回来的时候麦田已经不能称之为麦田了。已经过了种花生的时令，每年这个时候，田间郁郁葱葱，生机盎然，可是现在，放眼望去，河川谷地杂草丛生一片荒芜，田埂没在杂草中，完全看不出原有的模样。

日本人忙着打热河，抢来的麦子放在乡镇公所，由乔安邦的宪兵队和一小队日本兵守着。路平很快召集起了二十几个红了眼的汉子，他们讨论了多种方案，最后不得不无奈承认：无论如何，他们也不可能从上百人眼皮子底下抢粮。路平咬着牙说："我们得不到粮食，也绝不能留给日本人。"

这天晚上，河川镇突然枪声大作。乔安邦刚刚召集队伍，加强戒备，一个浑身是血的日本兵跑进镇公所。镇南的哨卡遇到偷袭，日本兵要乔安邦带兵过去增援。乔安邦为难地说："秋田君给我的任务是守护粮食。"日本兵抬手给了乔安邦一个耳光。乔安邦捂着肥硕的脸，嘴里泛着血腥，他恶狠狠地瞪着眼前的这个日本兵。在乔安邦身后有八十多个宪兵，这些都是他的过命兄弟，只要他一挥手，这些宪兵就会将这个日本兵碎尸万段。乔安邦揉了揉脸，换上一副笑眯眯的神色，他朝地上吐了一口唾沫，带着一队宪兵跟着日本兵出了镇公所。

镇公所是一栋二进二出的院子，高墙上架着铁丝网，前院驻兵，后院储粮。路平带人剪断铁丝网，跳进后院，在东西两个厢房找到了麦子。路平用刀划开袋子，黄澄澄的麦粒流下来，他抓起一把麦子放到鼻子底下，嗅到麦子散发出的阳光和泥土的味道。

“队长，烧了多可惜。”一个小战士惋惜地说。路平说：“这是乡亲们的血汗，如果喂了日本人，乡亲们会死不瞑目的。”说着他从怀里掏出煤油倒在粮食上。火借风势，很快镇公所就笼罩在熊熊大火中。麦子在火中噼啪作响，麦香味飘满了整个河川镇。

乔安邦带着队伍赶到镇南哨所时，战斗已经结束。日本人发现了三具尸体，他们穿着破旧的衣服，现场留下的唯一武器是一把膛线磨平的老枪。“妈的，又是土八路!”乔安邦骂道。他隐隐觉得哪里不对，急忙带着队伍往回赶。在回镇公所的路上，宪兵队撞上几个人，路平担心乔安邦将火扑灭，抬手朝着宪兵队打了两枪。

路平几人只有两把盒子炮，子弹加起来不过三十发。他们边打边退，身边的人相继倒下，跑到撞马山下时，就只剩下路平一个人。撞马山，撞马山，几百年前，河川镇驻扎的边军曾在这里重创蒙古骑兵，小山包就有了撞马山这样雄伟的称号，现在路平站在撞马山下，一边是自己的村子，一边是山头绝境，他深情地望了一眼左屯，拖着受伤的腿，毅然决然地向撞马山爬去。

八

路平推开法明寺的山门，月光明晃晃地铺满寺院，院里杂草丛生，破败不堪。他走进正殿，墙角传出一个沉闷的声音：“谁？”墙角的人走出阴影，借着月色，路平看清了惠恩的容貌：一道刀疤从惠恩左眼角一直延伸到右下巴，刀疤让整张脸错位、扭曲，寒意逼人；惠恩蓄起了胡须和头发，一身破布片散发出阵阵恶臭。

路平看到惠恩的容貌吃了一惊：“惠恩，我是路平。”这时，宪兵队的狗吠声在山脚下炸响，惠恩疑惑地看向路平。路平说：“我们把日本人粮烧了，哈哈哈，痛快。”

惠恩走到山门前，透过门缝，他看见十几只火把影影绰绰地正向山顶移动。惠恩将山门死死顶住，从佛像后面取出一套僧服：“你换上这套衣服，从后墙翻出去，那里有一根绳索，攀着可以下山。”

路平说：“你呢？”

惠恩笑了，他的脸陷在阴影中表情恐怖，只有上扬的嘴角证明他是在笑：“我是出家人，他们不能拿我怎么样的。”

路平一边换衣服一边夸赞：“惠恩，想不到你还留了条后路。”惠恩想起了日本兵闯进法明寺的那一天，他知道：日本人是不信佛的，佛救不了他，只有自己才能救自己。

路平踩着惠恩的肩膀爬上墙头，他腿上流出鲜血，滴在惠恩的脸上，惠恩带血的面容平静安详。路平伸出手去拉惠恩，惠恩摇摇头，他双手合十，那句“阿弥陀佛”终于还是没有说出口。

“路平，你要活下去，照顾好巧娘和孩子。”山门外，宪兵队已经在撞门了。

惠恩换上路平的衣服，他拿起剃刀对着头顶的戒疤狠狠割下去，血顺着他扭曲的脸淌了下来。他将寺里的香油拿出来，倒在殿内，然后哆嗦地打着火镰，一瞬间火苗在他周身四散开去。寺门外，乔安邦看见升腾起的火焰，气急败坏：“给我冲进去，活要见人，死要见尸。”

路平走出很远，再回头时，撞马山顶已经燃起了熊熊大火。火光血红血红，冲天弥漫，路平怔怔地望着跳动的火团，他咽了一口吐沫，轻声呢喃了一句：“惠恩，你放心，你的孩子就是我的孩子。”

整个河川镇在这一晚沸腾了。男女老少走出家门，望着撞马山上的熊熊火焰，那火焰将他们眼中已经熄灭的光再次点亮。巧娘眼里的火光更加炽热，她轻轻抚摸着自己隆起的肚子，那里有一个新的生命在孕育。